아무튼, 하루키

# 아무튼, 하루키

이지수

제
철
소

모든 건 스쳐 지나간다.
누구도 그걸 붙잡을 수는 없다.
우리는 그렇게 살아가고 있다.

『바람의 노래를 들어라』, 무라카미 하루키

# 차례

모든 것은 지나쳐 가고 우리는 어른이 되고
— 『바람의 노래를 들어라』

어떤 책을 하도 많이 읽은 나머지 삶의 곳곳에서 그 책의 문장들이 머릿속에 자동 재생 될 때가 있으신 지. 내게는 무라카미 하루키의 『바람의 노래를 들어 라』*가 바로 그런 책이다.

요즘 청소년들에게는 거의 청동기시대의 유물로 여겨질 PC통신이라는 것이 나의 중학생 시절에 번성했다. 번쩍이는 비닐 옷을 입고 "아, 니가 니가 니가 뭔데"를 외치던 다섯 전사에게 심장을 폭격당한 나는 그길로 나우누리의 H.O.T. 팬클럽에 가입했고 그곳의 대학생 회원들과 친해지게 되었다. 지금 생각해보면 그 언니들이 대체 왜 중학생을 진지하게 상대해줬는지 모르겠지만, 여하튼 그들과 나는 매일 같이 밤을 새워 채팅과 통화를 하고도 모자라 서로의 삐삐 음성사서함에 목소리까지 남겼다.

H.O.T. 팬클럽 회원들이라고 해서 장우혁의 브레이크댄스가 얼마나 멋있는지, 문희준의 머릿결이 얼마나 좋은지에 대해서만 24시간 떠드는 것은 아니었다. 심야의 대화는 종종 세상만사에 대한 심도 깊은 토론으로 이어졌고, 그들은 "하루키의 데뷔작은…" "류의 요즘 글은…" "바나나의 문체는…" 운

* 윤성원 옮김, 문학사상, 2006.

운하며 지성인다운 면모를 뽐냈다. 하루키라는 것은 팬픽 작가의 필명인가? 류란 류씨 성을 가진 작가인가? 바나나는 먹는 게 아닌가? 그들의 정체가 '무라카미 하루키' '무라카미 류' '요시모토 바나나'라는 일본 소설가였다는 사실은 대화의 맥락을 통해 간신히 깨달았다(처음에는 두 무라카미가 형제나 부자지간인 줄 알았다!).

내가 나고 자란 마산은 당시만 해도 중학교에서 고등학교로 진학하려면 연합고사라는 입시를 치러야 하는 지역이었다. 선생님들의 관리 대상은 애매하게 커트라인에 걸릴 듯한 학생이었고, 그런 친구들은 성적 관리라는 명목 아래 사소한 이유로 번번이 두들겨 맞았다. 몽둥이로 때리는 선생은 양반이었다. 주먹과 구둣발을 휘두르는 것은 물론이고 두꺼운 영한사전 책등으로 얼굴을 찍어버리는 일도 예사였다. 속옷이 비친다는 이유로 브래지어 끈을 팽팽하게 잡아당겼다가 확 놓는 선생도 있었다.

나는 아주 심한 체벌은 당하지 않았다. 하지만 맞는 당사자가 아니라고 해서 그 상황이 괜찮았던 것은 아니다. 현실은 지긋지긋했고 자주 비관적인 생각이 들었다. 그 반동으로 PC통신이라는 가상 세계에 나날이 빠져들었고, 매일 새벽 서너 시까지 대화방에 머물렀던 탓에 학교에서는 주로 정신없이 잠만 잤다.

내게는 무언가를 이루겠다는 야망이나 꿈이 딱히 없었다. 그저 여기가 아닌 어딘가로 얼른 가버리고 싶었을 뿐이다. 어느 날 문제집을 가져오지 않았다는 이유로 내 짝이 담임에게 구둣발로 짓밟혔다. 그 아이의 하얀 세일러복에 남은 선명한 신발 자국을 본 그날 나는 집으로 돌아와 아빠의 담뱃갑에서 담배 한 개비와 라이터를 몰래 훔쳐 뒷산으로 올라갔다. 쪼그려 앉아 한 모금 들이마신 88라이트인지 디스인지의 연기는 더럽게 맛이 없고 매워서 도무지 폐 안으로 집어넣을 수가 없었다. 수학여행 때 친구들과 함께 장난삼아 마셔본 맥주 역시, 이걸 마시는 게 어른의 낙이라면 평생 어른은 안 되어도 좋겠다는 생각이 드는 이상한 맛이었다. 그렇게 나는 중학생의 현실 도피에 유용한 도구는 술이나 담배보다 하루키의 소설이라고 생각하게 되었다. 언니들의 대화를 주워듣고 시립도서관에서 그의 데뷔작을 빌려와 읽은 뒤, 줄거리를 요약하기도 불가능한 그 맥락 없는 소설에 단단히 사로잡히고 말았으니까.

열다섯 살 중학생을 매료시킨 것은 줄거리가 아니라 스타일이었다. 따분하다는 이유로 25미터 풀장을 가득 채울 분량의 맥주를 마시고, 함께 잤던 여자들에 대해 담백하게 말하고, 그러면서 때때로 철학적인 대사도 빼놓지 않고 읊조리는 『바람의 노래를 들어라』의 주인공은 당시의 나에게 '쿨한 대학생' 그 자체로 보였다. 눈을 감으면 언제 어디서나 고베의 미지근한 바닷바람이 불어오는 듯한 기분을 안겨주는 소설이었다. 청춘의 한복판에 서보기도 전에 청춘을 한바탕 겪은 듯한 느낌을 맛보여주는 소설이었다. 그 습하고 나른한, 떠올리면 조금은 슬퍼지는 세계를 나는 사랑했다. 겪어본 적도 없으면서 자신의 과거처럼 그리워했다. 그렇게 나는 이 책과 함께 십대의 한 시기를 통과했다.

고등학교는 미션스쿨이었다. 선생님 중 수녀님도 여럿이었다. 그래서였는지는 모르겠지만 고등학교에서는 아무도 매를 들지 않았다. 물론 그것이 정상적인 학교다. 대체로 모든 것이 거짓말처럼 평화로워서 내가 그전까지 경험한 일상적인 폭력은 대체 무엇이었나 어리둥절해질 지경이었다. 게다가 나는 야간자율학습 폐지 첫 세대였다. 평화로운 일상과 남아도는 시간, 이 두 가지가 충족되면 내 경험상 덕후의 덕질에는 불이 붙는다. H.O.T.에는 진작 시들해졌으나 고기도 먹어본 놈이 잘 먹고 덕질도 해본 놈이 잘한다고, 야자가 사라져 풍족해진 시간에 나는 하루키의 다른 작품들(과 각종 만화 잡지)을 섭렵했다. 미성년자의 용돈이야 빤하니 대체로 도서관에서 빌려 읽었지만, 대학생이 되어 아르바이트로 돈을 벌면 하루키 컬렉션을 완성하리라고 결심했다. 내 책장에 그의 작품이 일렬로 죽 늘어서 있는 상상은 나를 늘 행복하게 만들었다. 나도 대학생이 되면 『바람의 노래를 들어라』의 '나'와 쥐처럼 25미터 풀장을 가득 채울 만큼 맥주를 마시고 술집 바닥에 땅콩 껍질을 5센티미터 두께로 뿌려댈지 궁금했다. 맥주가 아무리 맛없어도 왠지 꼭 그렇게 해보고 싶었다.

드디어 염원하던 대학생이 되었다. 학부제로 입학한 탓에 1학년 때는 소속 학과가 없었는데, 학교 측에서는 그래도 직속 선배는 있어야 한다고 생각했는지 임시로 '반'을 만들어 신입생을 배정했다. 나는 국문반에 배정되어 국문과 선배들과 교류하게 되었다. 대체로 문학도였던 그들은 일본 소설이 한국 소설에 비해 가볍다고 여기는 눈치였지만 그래도 하루키를 아예 읽지 않은 사람은 드물었다. 이것은 내게 혁명과도 같았다. 중고등학교 때는 하루키를 좋아하는 친구가 없었기에 나의 덕질은 언제나 좀 외로웠던 것이다. 그래서 PC통신이라는 매개 없이 누군가와 직접 얼굴을 마주하고 하루키에 대해 이야기를 나눈다는 것은 그 대화의 깊이에 상관없이 퍽 흥분되는 일이었다. 게다가 하루키 운운하는 신입생은 시건방져 보일 수는 있어도 결코 따분한 공부벌레로 취급받지 않는다는 사실을 나는 일찍부터 간파하여 능란하게 써먹던 것 같다. 아니, 써먹었다기보다 이미 하도 많이 읽어 내 피와 살이 된 하루키의 문장이 일상생활에서 저절로 툭툭 튀어나왔다.

특히나 『바람의 노래를 들어라』는 이미 달달 외울 정도로 읽고 또 읽은 터였다. 지금 생각하면 창피함에 손발이 광속으로 오그라들지만, 술자리에서 (책에 등장하는 무거운 금시계를 목에 건 염소 이야기를 하며) "근데 내 생각엔 니가 그 염소 같아" 따위의 의미를 알 수 없는 대사로 이성의 환심을 사려 했던 때도 있었고(그딴 대사로 환심이 사졌다는 것이 또 미스터리다), 리포트가 잘 안 써지면 "완벽한 문장 같은 건 존재하지 않아. 완벽한 절망이 존재하지 않는 것처럼…"*이라는 문장을 곱씹으며 스스로를 달랬다. 아무리 술을 많이 먹고 들어와도 (당시에

* 같은 책, 9쪽.

는 스마트폰이 없었기에) 반드시 컴퓨터를 켜고 싸이
월드에 접속해서 일기를 끼적이는 것으로 하루를 마
무리하던 시절에는 "결국 글을 쓴다는 건 자기 요양
을 위한 수단이 아니라 자기 요양을 위한 사소한 시
도에 불과하기 때문이다"\*라는 대목을 곧잘 떠올렸
다. 물론 맥주를 마시고 화장실에 갈 때는 "맥주의
좋은 점은 말이야, 전부 오줌으로 변해서 나와버린
다는 거지. 원 아웃 1루 더블 플레이, 아무것도 남지
않는 거야"\*\*라는 말을 속으로 중얼거렸다.

소설 속 주인공과 대학생이 된 나를 동일시했
던 것은 아니다. 다만 나는 '나'나 '쥐'와 마찬가지
로 한껏 청춘이었고, 따라서 필연적으로 풋내가 풋
내인지도 모르고 사방팔방 내뿜어대는 애송이였을
뿐이다. 어쩌면 동경했던 주인공과 내가 얼마나 가
까워졌는지를 무의식적으로 확인하는 절차였는지도
모른다. 그리고 이제는 그 애송이 시절도 과거가 되
었다.

『바람의 노래를 들어라』를 썼을 때 하루키는 스
물아홉이었다. 주인공 '나'는 스물하나, '쥐'는 스물

* 같은 책, 10쪽.
** 같은 책, 24쪽.

둘. 나는 그 모든 나이를 지나쳐 이제 막 서른일곱이 된 참이다. 어릴 때부터 하루키에 몰두한 것이 과연 스스로에게 좋은 일이었는지는 잘 모르겠다. 열다섯 살은 하루키의 주인공들을 우상화할 수는 있어도 이해하기에는 벅찬 나이니까. 소화시키지도 못한 채 통째로 외워버려서 마음에 엉겨 붙은 문장들이 완전히 융해되기까지는 아주 오랜 시간이 걸렸다. 어쩌면 지금도 융해되는 중인지 모른다.

상실감과 무력감이 밀물처럼 덮쳐 오는 날이면 눈을 감고 고베의 미지근한 바닷바람을, 스물아홉이나 서른이 되어 그 바닷가에 서 있을 나 자신을 그려 봤다. 그러면 그 상상은 매번 바닥없는 늪에서 나를 건져 올려줬다. 나의 불완전한 이해 따위 아랑곳하지 않았던 그 느슨한 구원의 손길을 나는 지금도 느낄 수 있다. 상상의 마지막에 떠올렸던 문장은 다음과 같다.

"모든 건 스쳐 지나간다. 누구도 그걸 붙잡을 수는 없다. 우리는 그렇게 살아가고 있다."*

* 같은 책, 143쪽.

# 그 문장이 나를 데려간 곳
— 『노르웨이의 숲』

어쩌다 보니 일문과에 진학하게 되었다. 아니, 실은 어쩌다 보니가 아니다. 나는 하루키를 누구의 중개도 없이 원서로 읽고 싶었고, 그 문장들이 오직 나만을 통과해 내가 이해할 수 있는 언어로 옮겨지기를 바랐다. 그러나 내가 나온 고등학교는 문과는 불어, 이과는 일어로 제2외국어를 선택해야 한다는 강제적인 방침을 가지고 있었고, 문과 출신인 나는 일어에 대해 쥐뿔도 모르는 채 얼렁뚱땅 일문과를 지망하는 대학생이 되고 말았다. '히라가나'도 모르면서 일문과에 진학하겠다는 패기라니. 지나가던 개가 비웃을 노릇이었지만 여하튼 나는 1학년 기초일본어 시간에 처음으로 일본어를 접했다. "저것이 국회의사당입니까?" "인삼을 주세요" 따위의 초급 회화문과 거기에 포함된 명사와 조사와 형용사와 부사를 달달 외웠지만 당연히 원서를 읽기에는 턱없이 부족한 수준이었다. 정신을 차리고 보니 2학년이었고 어이없이 전공자가 되어 있었다. 전공 첫 수업, 한국어라고는 한 글자도 없는 세로쓰기의 전공 책을 처음 보았을 때의 쇼크를 잊을 수 없다. 옆자리 선배의 도움으로 전자사전(이라는 것이 있었다, 세상에!)을 두들겨 가며 글자 하나하나를 해체하듯 문장을 해석했다.

나는 서른일곱 살이었고 그때 보잉 747기의 좌석에 앉아 있었다. 그 거대한 비행기는 두터운 비구름을 뚫고 내려와 함부르크 공항에 착륙하려는 참이었다. 11월의 쌀쌀한 비가 대지를 어둡게 물들여 비옷을 입은 정비공들과 밋밋한 공항 건물 위에 서 있는 깃발, BMW 광고판과 같은 모든 것을 플랑드르파의 음울한 그림 배경처럼 보이게 했다. 이런, 또 독일이군. 나는 생각했다.

『노르웨이의 숲』*의 첫 문단이었다. 누구도 거치지 않고 내게로 곧장 도착한 하루키의 문장이었다. 가벼운 전율이 일었다. 울창하고 거대한 숲이 갑자기 눈앞에 펼쳐진 것 같았다. 그 숲에는 탐구해야 할 전나무와 잣나무와 가문비나무가 빼곡한데 나는 아직 바늘잎 하나도 제대로 못 보고 있다는 것을 직감했다. 자신의 무지를 철저히 깨달으며 어찌어찌 전공 수업을 따라가다 보니 일본어로 가득한 교과서는 가까스로 적응이 되었다. 2학년을 마친 뒤 곧장

---

* 한국에서는 문학사상에서 『상실의 시대』(유유정 옮김, 2000)라는 제목으로 출간하여 큰 인기를 끌었고, 이후 민음사에서 원제 『노르웨이의 숲』(양억관 옮김, 2013)으로도 출간했다.

휴학을 하고 돈을 모았다. 그런 다음 서른일곱 살의 와타나베가 탔던 보잉 747기에 몸을 싣고(알고 보니 흔한 기종이었다) 거대한 이민 가방과 함께 유학을 떠났다.

내가 교환학생으로 갔던 학교는 논밭과 고가도로와 대형 마트와 고즈넉한 강둑으로 둘러싸인, 시골과 도시의 중간쯤 되는 어정쩡한 마을에 있었다. 배정받은 외국인 기숙사는 낡긴 했지만 베란다와 화장실, 부엌까지 딸린 작은 원룸이었다. 9월의 일본은 가을비가 한창이었고, 난방이 안 되어 바닥이 내내 차가웠던 그 방은 습기를 잔뜩 머금고 있었다. 매트리스 커버도 없는 침대에서 입고 온 겉옷을 덮고 첫 밤을 보냈다. 월세가 1만 엔 정도였으니 시설에 비해 파격적으로 쌌던 셈이지만, 휴학 기간 중 모은 돈은 비행기표와 중고 노트북을 사느라 이미 어느 정도 써버린 상태였다. 얼마 남지 않은 잔고도 당장 필요한 자전거와 밥솥과 소형 텔레비전 등의 물품을 구비하자 금세 바닥을 드러냈다.

가진 것도 없고 겁마저 없었던 나는 자신의 일본어 실력이 돈을 벌기에 충분한지 아닌지 따져보지도 않은 채 무모하게 기숙사 주변의 가게들을 도장 깨기 하듯 돌아다니며 아르바이트 자리를 구하기 시작했다. 패기가 좌절로 바뀌는 데는 이틀도 채 걸리지 않았다. 회전초밥집에서는 세 자리 사칙연산 문제지를 주며 내가 10분 안에 몇 문제나 풀 수 있는지 테스트했다. 구제 옷 가게에서는 나의 옷차림을 의심스러운 눈초리로 훑었다. 나가사키짬뽕집은 전화 면접에서부터 내 어눌한 발음을 걱정했다. 수학 머리도 패션 센스도 발음도 문제가 안 되는 곳은 후지야라는 패밀리 레스토랑의 주방뿐이었다.

　　면접에 합격하여 일을 시작한 것은 좋았으나 차조기나 무순 같은 각종 식재료의 이름, 국자나 도마 같은 조리 도구의 이름, 또 그것으로 구성된 요리 순서가 아무리 해도 머릿속에 들어오지 않았다. 스물두 해 동안 스스로를 겪어본 바로는 내가 그렇게까지 구제불능의 멍청이는 아니었던 것 같은데, 정신없이 바쁜 와중에 알아듣기 힘든 일본어로 지시가 날아들면 몸이 석상처럼 얼어붙고 손발은 멋대로 움직였다. 더구나 내게 일을 가르쳤던 선배는 언제나 얼음처럼 차가운 눈빛으로 나를 째려보며 "이 상, 설거지" "이 상, 사이드 야채" "이 상, 돈가스 커팅" 하는 식으로 모든 말을 명사로 끝냈는데, 이 이 상조차 스스로가 이상하게 느껴질 만큼 주방에 들어서면 나는 심하게 긴장했고 그 긴장으로 말미암아 수차례

일을 그르쳤으니 미움을 받는대도 할 말이 없었다.

아르바이트를 마치고 돌아오는 길의 참담한 기분은 지워지지 않는 얼룩처럼 늘 마음에 달라붙어 있었다. 언어를 자유롭게 알아듣고 쓰지를 못하니 나라는 인간 자체의 능력이 몹시 저하된 것 같았다.

당연히도 그곳은 거리의 간판부터 엘리베이터의 열림 닫힘 버튼까지 사방이 온통 일본어였다. 일본어는 언제 어디서나 나를 공기처럼 감싸고 있어서 심지어 꿈도 일본어로 꾸고는 했다. 이제까지 익숙했던 모국어라는 옷을 벗어던지고 일본어라는 낯선 옷을 입은 나는 새 옷이 영 어색해서, 레이어드나 믹스 앤 매치 같은 건 아직 먼 세상 일이라서, 그저 누더기라도 걸쳤다는 데 만족하며 엉거주춤 생활해나갔다. 새로 사귄 일본인 친구들에게 재치 있는 농담도 던지고 싶고 심도 깊은 대화도 나누고 싶었지만 "이 단어를 어떻게 읽으면 좋을지 조금 가르쳐주면 도움이 되겠어" 따위로 말하는 외국인에게 그것은 요원한 일이었다(이상하게 외국인이 떠듬떠듬 자기네 나라 말을 하면 사람들은 그를 마치 유치원생 돌보듯 상냥하게 대해주긴 하지만 그의 지적 수준 역시 유치원생과 동급으로 판정해버리는 경향이 있다. 여하튼 대화가 유치원생 레벨로만 가능하니 어쩔 수 없기는 하다).

내밀한 소통이 그리워지는 날이면 홀로 침대 위에서 『노르웨이의 숲』을 읽었다. 운명처럼 일본 대학의 수업 교재도 바로 그 소설이었던 것이다. 일주일에 한 번 있는 수업에서는 한 장(章)씩 진도를 나갔고, 나의 원서 읽는 속도는 거북이처럼 느렸기 때문에 내게는 언제나 읽어야 할 문장이 남아 있었다. 그리고 그것은 어떤 면에서는 구원이나 다름없었다.

베란다 쪽으로 바짝 붙인 침대 위에서 500엔인지 1000엔인지를 주고 사 온 분홍색 체크무늬 매트리스 커버의 거친 질감을 느끼며, 더러는 콘크리트 바닥을 조용히 적시는 빗소리를 들으며, 스물둘의 내가 반쯤 누운 자세로 하루키를 읽는다. 맥락을 따라잡지 못해서, 속도가 너무 빨라서, 모르는 단어가 섞여 있어서 애매한 미소로 알아들은 척 흘려보내고는 했던 일본 친구들과의 대화와는 달리 하루키의 문장은 언제까지고 나를 같은 자리에서 기다리고 있었다. 충직한 개처럼, 끈기 있는 스승처럼, 배신하지 않는 연인처럼.

생각해보면 나를 그 타향의 침대 위로 데려간 것도 하루키의 문장이었다. 그 문장들과 함께 나는 내가 원래 속했던 곳에서 나날이 멀어져갔다. 나날이 낯설어져갔다. 나날이 가벼워져갔다. 그리고 그것은 과거 어느 시절의 내가 간절히 바라던 바였다.

안됐다면 안됐고 우스꽝스럽다면 우스운
이방인 생활
— 『이윽고 슬픈 외국어』

유학 가서 학기가 시작된 첫날, 고국에서 교환학생들이 왔다는 소식을 들은 한국인 교수님이 우리를 불렀다. 연구실의 비좁은 테이블에 교수님과 우리가 1 대 5의 면접 구도로 앉기는 앉았는데 딱히 할 말이 없었다. 교수님 본인도 이 젊은이들에게 대체 무슨 조언을 해줘야 하는지 영 모르는 기색이었다. 녹차인지 우롱차인지를 마시며 어색한 침묵을 견디고 있는데 그가 종이 한 장을 꺼내더니 다음과 같은 한자를 썼다.

狼狽

"자네들, 이게 무슨 글자인지 아나?"

우리는 서로의 얼굴을 바라보며 고개를 갸웃거렸다. 일문과 학생 다섯 가운데 그 한자를 읽을 수 있는 자가 없었다.

"개 구(狗) 자와 같은 부수를 쓰는 것으로 보아 무슨 동물 이름 같은데요…."

선배 하나가 어설프게 아는 체를 했지만 그 단어를 맞히기에는 역부족이었다. 머리와 눈알을 동시에 굴리며 식은땀을 흘리는 우리를 보며 교수님은 말했다.

"낭패일세."

"네?"

"낭패라고. 이리 낭, 이리 패. 이제부터는 이 글자를 잘 기억해두게."

"…?"

그것이 앞으로 펼쳐질 일본 생활에 대한 고도의 은유였는지는 잘 모르겠지만, 어쨌거나 낯선 땅에서 여행이 아닌 생활을 하다 보면 그야말로 낭패를 겪는 순간이 있다. 그리고 나의 경우, 그것은 대체로 비명을 지르며 문 밖으로 뛰쳐나가 국경 너머로 무한히 내빼고 싶어지는 거대한 낭패가 아니라 입술과 손톱을 잘근잘근 씹으며 "아, 어쩐다지…" 하고 되뇌게 되는 조촐한 낭패였다.

가령 누군가의 집에 놀러갔을 때. 함께 간 일본인 친구들은 현관에서 마루로 올라가는 즉시 민첩하게 쪼그려 앉아 자신이 신고 온 신발의 코를 착착 바깥 방향으로 돌려놓는다. 그 동작은 너무도 간결하고 군더더기가 없어서 마치 다도가의 다도 시범을 보는 것 같다. 얼이 빠져 있는 사이에 내 차례는 늘 예상보다 빨리 다가오고, 이 예법을 미처 체화해내지 못한 나는 당황한 표정으로 신발을 대충 발로 구석에 몰아넣는다. 그런 예법이 처음부터 몸에 배어 있었던 양 매끄럽게 해낼 자신이 도무지 없는 것이다(원래 신발을 아무렇게나 벗어두는 인간인지라 어쭙잖게 점잔 빼는 느낌이 들어서 견딜 수 없었다. 물론 어지간히 사회화된 지금이라면 태연히 해내겠지만). 그렇다고 '어차피 다시 신고 나갈 건데 왜 정리해야 해?'라는 식으로 뻔뻔하게 굴지도 못하는 인간이 또 나다. 친구들은 나의 무례하면서도 어설픈 발동작에 눈을 동그랗게 뜨지만 그 순간도 찰나다. 어쩌면 쟨 외국인이니까 좀 봐주자, 하는 무언의 합의가 순식간에 이루어진 것일 수도 있다.

현지인의 감각으로는 너무나 쉬운 단어가 떠오르지 않을 때도 조촐하게 낭패를 보게 된다. 한번은 리사이클숍에서 텔레비전을 샀는데 그것을 자전거 짐받이에 묶으려니 끈이 필요했다. 자전거 주차장까지 가서야 그 사실을 깨달은 나는 다시 텔레비전을 들고 가게로 되돌아와 점원에게 끈이 있느냐고 물어보려 했다. 그런데 머리가 표백이 된 양 '끈'이라는 단어가 절대 떠오르지 않는 것이다.

"저기, 제가 이 텔레비전을 자전거에 싣고 싶은데요."

"(어이없다는 표정으로) 실어달라는 말씀인가요?"

"아니요, 그게 아니라, 그… 길고 가느다란 것, 뭔가를 묶을 때 쓰는 그 물건이 필요해서요."

점원은 말없이 노끈 한 뭉치를 서랍에서 꺼내어 건넸다. 사고 싶었던 것은 굵고 탄력 있고 양 끝에 갈고리가 달린 자전거 짐받이용 로프였지만, 적확한 단어를 머릿속에서 건져내는 데 실패한 나는 말없이 노끈을 받아 들며 고개를 숙일 수밖에 없었다(그냥 로프라고 영어로 말하면 되었을 것을…).

친구 집에 놀러 가서 하룻밤 묵은 다음 날, "치약 좀 빌렸어"라고 해야 할 것을 "칫솔 좀 빌렸어"라고 해맑게 말해서 좌중을 경악시킨 적도 있다. 서둘러 실수를 수정하기는 했지만 남의 칫솔을 태연하게 자기 입에 집어넣는 녀석으로 간주되었던 그 3초만큼이나 진땀 나는 순간도 내 인생에 다시없었다. 무라카미 하루키는 그의 미국 생활에 관해 쓴 에세이 『이윽고 슬픈 외국어』*에서 "외국어를 말하는 작업에는 많든 적든 '안됐다면 안됐고 우스꽝스럽다면 우스운' 부분이 있다"**고 말했는데 나의 외국 생활에도 그런 구석이 있었던 것 같다.

* 김진욱 옮김, 문학사상, 2013.
** 같은 책, 178쪽.

어쨌거나 이 조촐한 낭패들은 지나고 보면 웃을 수 있는 귀여운 해프닝이었다. 그러나 나에게 '이 방인'으로서의 내 존재를 어렴풋이 자각시키곤 했던 것은 언어나 문화의 명백한 차이에서 오는 그런 낭패들이 아니었다. 오히려 나는 눈에 잘 안 보이는 소소한 차이, 이를테면 세심함의 정도 차 같은 부분에서 그들과 나 사이에 깊은 강이 흐른다는 것을, 나라는 사람은 그 강을 결코 건널 수 없다는 것을 느꼈다.

가령 인스턴트 야키소바를 하나 샀다고 치자. 비닐 포장을 뜯으면 "① 점선을 이곳까지 뜯고 끓는 물을 넣으시오 ② 이 스티커를 뜯으시오(스티커를 뜯어보면 구멍이 열댓 개 뚫려 있다) ③ 면이 익으면 이 구멍으로 물을 버리시오" 하는 세심한 지시 사항이 나온다. 이제껏 그런 구멍 없이 구매자가 알아서 젓가락으로 면을 눌러가며 물을 버려야 하는 방식의 비빔면밖에 접해보지 못했던 나는 신세계를 경험함과 동시에 뭘 이렇게까지, 라고도 생각한다. 상대가 인스턴트 야키소바일 때는 그나마 괜찮지만 사람일 때는 은혜를 갚아야 한다는 강박이 생긴다. 모 지역에 가볼 만한 곳이 있느냐고 그곳 출신에게 가볍게 물어보면 몇 시간 뒤 관광 명소가 리스트업된 메일이 날아온다(그냥 말로 한두 군데만 가르쳐주면 되는데). 길을 물어보면 내가 못 알아들을까 봐 표현을 바꿔가며 10분이고 20분이고 설명해준다(어차피 길치라서 중간에 또 물어봐야 하니 일단 첫 번째 모퉁이에서 오른쪽인지 왼쪽인지만 알려주면 좋겠는데). 한참 전에 생일이 지났다고 지나가듯 말했을 뿐인데 다음 날 기숙사 현관문 손잡이에 선물이 든 쇼핑백이 걸려 있다(나도 이 친구의 생일을 모르고 지나갔으니 그냥 넘어가주기를 바랐는데). 물론 이런 세심함을 접하면 감사하는 마음이 가장 먼저 들지만, 곧이어 갚을 방도 없는 빚을 지는 기분에도 사로잡힌다.

이런 시스템(?) 속에서 내가 적절히 동작할 수 있는 인간이라면 그보다 좋은 일은 없을 것이다. 나만 제대로 굴면 서로가 섭섭하거나 불쾌한 경험을 할 확률이 비약적으로 낮아질 테니까. 그러나 이 세심함의 캐치볼을 능수능란하게 해내기에는 나의 기량이 부족했고, 나는 자꾸만 혹시 내가 다른 사람을 섭섭하게 하지 않았을까 불쾌하게 하지 않았을까 자기 검열을 하게 되었다. 그것이 내가 나고 자란 문화 속에서 일어나는 일이라면 '이런 사람도 있고 저런 사람도 있는 거지~'라고 마음 편히 생각했을 수도 있다. 하지만 이방인인 내게는 이곳에서 무엇이 보통의 친절이고 배려인지를 판정할 경험치나 기준이 없었다. 고마움과 미안함과 부담감과 죄책감이 뒤섞여 표출되는 내 행동은 늘 어딘가 부족하거나 넘치는 것만 같았다. 모두가 섬세하게 분화된 지느러미로 살랑살랑 헤엄치는 가운데 나만 둔탁한 지느러미로 물살을 따라잡지 못하는 기분. 그리고 그것이 나의 이질성을 두드러지게 만드는 듯한 느낌. 정말이지 겪어보지 않으면 알 수 없을 이상한 감정이었다. 물론 이 글을 읽는 분들에게는 이런 내 심리 자체가 '뭘 그렇게까지…'일 수도 있겠지만.

　　한데 이는 비단 나만 겪은 감정이 아니었는지, 일본에서 태어나 근 20년을 살다가 대학 때 한국으로 온 나의 친구 E도 그들의 세심함이 조금 벅찰 때가 있었다고 한다. 나는 집에서는 완전히 한국식으로 자랐으니까, 라고 E는 말했다. 그런데 자신의 둘째 남동생은 사고방식이 완전히 '일본식'이라서, 할머니가 돌아가셨을 때 장례식장에서 가만히 있던 셋째 남동생에게 "야, 너 손님 한 분 한 분께 얼른 음료수 돌려야지. 뭘 멍 때리고 있는 거야?" 하더란다. 그 모습을 보고 E는 둘째가 왜 저리 오버하나 싶었다니, 같은 환경에서 자랐어도 지느러미의 분화 양상은 사람마다 다른 모양이다.

한편 『이윽고 슬픈 외국어』에는 이런 문장도 나온다.

외국에서 지내는 것의 메리트 중의 하나는 자기가 단순히 한 사람의 무능력한 외국인, 이방인에 불과하다고 실감할 수 있는 것이다. (…) 가령 약자로서 무능력한 사람으로서, 그런 식으로 허식이나 군더더기가 없는 완전한 자기 자신이 될 수 있는(혹은 될 수밖에 없는) 상황을 가져보는 것이 어떤 의미에서는 귀중한 경험이 아닐까 하는 느낌마저 든다.*

이십대 때 읽은 이 책을 최근 다시 읽어보니 예전에는 가볍게 흘려보낸 이 대목에서 10여 년 전 내가 맛본 '이방인에 불과하다는 실감'이 되살아났다. 만약 내가 '한 사람의 무능력한 외국인'으로서 '완전한 자기 자신이 될 수밖에 없는' 경험을 하지 않았더라면 나는 스스로를 세련된 교양인쯤으로 끝까지 착각했을 수도 있다. 한데 나에게서 모국어와 모국의 문화를 제거했더니, 거기에 남아 있는 것은 남의 집 현관에서 신발도 제대로 정리 못 할 정도로 순발

* 같은 책, 289쪽.

력 떨어지고 예상치 못한 배려에 곧잘 당황하는 어설픈 인간이었다. 그로써 좋았다. 덕분에 여태껏 몰랐던 자신을 알게 된 셈이니까. 어찌 됐건 그런 면도 나의 일부이니 새로 알게 된 부족한 부분은 노력으로 채워보고, 그래도 안 되면 깨끗이 포기하는 수밖에 없다. 이 깨달음이 실제로 나를 얼마나 바꾸었는지는 모르겠지만, 이제 나는 내가 아는 나와 현실의 나 사이에 얼마간의 갭이 존재한다는 사실을 늘 염두에 두려고는 한다. 그러다 보면 언젠가 예기치 못한 상황에서 어설픈 내가 또 튀어나왔을 때, 보다 덜 당황하며 그 자리를 태연한 척 수습할 수도 있을 것만 같다. 아직은 희망사항이지만.

# 한밤중에 내게로 오는 자전거 소리
— 「한밤중의 기적에 대하여, 혹은 이야기의 효용에 대하여」

어쩌다 그 애를 좋아하게 됐는지 아직도 잘 모르겠다. 그 애는 나보다 다섯 살 아래였고, 일본인이었다. 우리는 일본인과 외국인이 교류하는 일본 대학의 학내 모임에서 처음 만났다. 주로 서양인들이 영어로 와글와글 떠들던 그 자리에서 짙은 보라색 후드티를 입고 장승처럼 벽에 붙어 서 있던 그 애에게 내가 먼저 다가갔다. 나는 두 번째 일본 유학이었던 터라 일본어가 영어보다 훨씬 편했지만, 그 애가 더 듬더듬 영어로 의사소통을 하려고 노력하는 모습이 귀여워서 그 사실을 잠시 숨겨봤다. 실은 내가 일본어를 조금 할 줄 아는데 말이야, 하고 나중에 고백했을 때 놀라는 모습은 더 귀여웠다. 우리는 전화번호를 교환했다. 다음 날 새벽 3시에 그 애에게서 메시지가 왔다. 지금 만날 수 있느냐는 대담한 메시지였다. 대체 무슨 시간 감각인가 불쾌해야 하는데 마음은 멋대로 설레었다. 당장 뛰어나가고 싶었지만 어쩐지 그래보고 싶어서 다음 날 저녁으로 만남을 미뤘다. 내가 좋아하는 가게에서 저녁을 먹고 그 애가 자주 가는 술집에서 새벽까지 맥주를 마셨다. 그런 다음 우리는 학교 안을 산책했고 체육관 옆 벚나무 아래의 벤치에 오랫동안 나란히 앉아 있었다. 날이 어슴푸레 밝아오고 있었다.

금방이라도 사귀게 될 줄 알았는데 그 애는 한동안 나를 애태웠다. 우리가 연인이 되기까지는 차마 글로 옮길 수 없을 정도로 낯간지러운 밀당의 시간이 필요했다. 사귀기 전 내 방에 놀러온 그 애가 본가에서 가져왔다며 일본 밑반찬들과 라프랑스라는 과일을 내밀었다. 라프랑스를 깎으며 그 애는 느릿느릿 말했다. 나는 사실 혈우병이야. 유전이라서 태어날 때부터 그랬어. 그런데 이틀에 한 번 혈액 응고를 도와주는 주사를 맞으면 생활에는 지장이 없고, 이제는 익숙해졌어.

이 애는 어쩌자고 나에게 이런 이야기를 털어놓는 것일까. 이제 라프랑스를 볼 때마다 평생 네가 떠오르면 나는 어떡하라고. 무지한 나는 어떤 말을 건네면 좋을지 몰라서 어, 어, 그럼 칼 쓰면 안 되는 거 아니야? 내가 마저 깎을까? 하는 식의 아둔한 반응밖에 보이지 못했다. 그 애가 겪어왔을 상상조차 잘 안 되는 고통의 시간을 어설프게 짐작할 수도, 위로할 수도 없었기 때문이다. 내가 대체 뭐라고.

피가 잘 멎지 않는 병이기에 외부로 드러나는 출혈도 위험했지만 어딘가에 부딪혀서 내출혈을 일으켜도 큰일이었다. 그래서 어릴 때부터 친구들이 다 하는 운동도 못 해봤고 웬만한 외부 활동에도 제약이 뒤따랐다고 했다. 하지만 딱 하나, 탁구는 쳐도 된다고 해서 그게 너무 기뻤단다. 그 애를 생각하면 그런 이야기가 담담하게 이어지던 그 순간이 떠오른다. 그다음으로 따라오는 기억은 한밤중의 자전거 소리.

그 애는 내가 살던 외국인 기숙사 바로 옆의 일본인 기숙사에 살았다. 수업을 듣고 아르바이트를 다녀오고 식당의 음식 냄새가 잔뜩 밴 몸을 더운물로 씻어낸 뒤 침대에 널브러져 있으면, 역시 자신의 일과를 마무리한 그 애에게서 지금 가도 되느냐고 묻는 문자가 오고는 했다. 2층이었던 내 방은 베란다가 자전거 주차장 쪽으로 나 있었다. 방충망만 남겨두고 활짝 열어젖힌 창밖으로는 새까만 밤하늘과 가로등이 보이고, 이따금 풀벌레 소리와 새소리가 고요한 대기에 섞여든다. 곧이어 그 충만한 어둠을 그 애의 자전거가 부드럽게 가로지른다. 울퉁불퉁한 지면을 지날 때 이따금 약하게 딸랑이는 자전거 벨, 내방 앞에서 커브를 트는 앞바퀴의 마찰음, 계단을 올라오는 발소리, 내 방 문을 두드리는 노크 소리. 나는 온 신경을 귀에 집중시키며 대책 없는 행복을 느낀다. 말하자면 그 애가 내게 오며 만드는 모든 소리가 '한밤의 기적 소리'였다.

소녀가 소년한테 묻는다.

"너 나를 얼마나 좋아해?"

소년은 한참 생각하고 나서, 조용한 목소리로 "한 밤중의 기적 소리만큼"이라고 대답한다.

(…)

"어느 날, 밤중에 문득 잠이 깨지."

그는 이야기하기 시작한다.

"정확한 시간은 알 수 없어. 아마 두 시나 세 시, 그쯤일 거야. 하지만 몇 시인가는 그다지 중요하지 않아. 어쨌든 한밤중이고, 나는 완전히 외톨이이고, 내 주위에는 아무도 없어. (…) 나는 갑자기, 내가 알고 있는 모든 사람에게서, 내가 알고 있는 모든 장소로부터, 믿을 수 없을 만큼 멀리 떨어져 있고, 격리되어 있다고 느껴. (…) 그건 마치 두꺼운 철상자에 갇힌 채, 깊은 바닷속에 가라앉은 것 같은 느낌이야. (…) 그런데 그때 저 멀리에서 기적 소리가 들려. 아주 아주 먼 곳에서 들려오는 기적 소리야. (…) 나는 어둠 속에서 가만히 귀를 기울여. 그리고 다시 한 번, 그 기적 소리를 듣지. 그리고 나면 내 심장의 통증은 멈추고 시곗바늘도 움직이기 시작해. 철상자는 해면 위로 천천히 떠올라. 모두가 그 작은 기적 소리 덕분이야. 들릴 듯 말 듯한 그 정도로 작은 기적 소리 덕분이라고. 나는 그 기적 소리만큼 너를 사랑해."*

우리가 여느 커플과 같은 상황이었다면, 요컨대 그 애가 건강했고 내가 이방인이 아니었다면 우리는 다른 방식으로 사귀다 헤어질 수도 있었을까. 평화롭게 연애하다가 어느 한쪽이 먼저, 혹은 서로가 동시에 상대를 지겨워하게 되고, 권태기에 빠지고, 자연히 관계가 소멸되는 이별도 가능했을까. 그러나 내 유학은 기간이 정해져 있었고 그 애는 모국을 떠나서 살기 어려운 형편이었다. 만난 지 얼마나 됐다고 그런 먼 미래까지 앞당겨 걱정했는지 모르겠다. 그러나 세 달 사귀다 헤어지는 연인들도 한창 관계가 좋을 때는 무덤까지 함께 가는 삶을 꿈꾸는 것이 연애의 속성 중 하나가 아니던가.

우리의 관계가 진척될수록 나는 겁에 질렸다. 조바심은 오히려 집착을 만들었다. 일본에 머무는 동안 나는 최대한 그 애를 많이 보고 싶었고 내내 같이 있고 싶었다. 그러자 곧 연애가 삐거덕거리기 시작했다. 아주 사소한 일로 그 애는 나에게 헤어짐을

* 「한밤중의 기적에 대하여, 혹은 이야기의 효용에 대하여」 『밤의 거미원숭이』, 김춘미 옮김, 문학사상, 2008, 173~176쪽.

선언했다. 나는 밤새 울었고 그 애는 그런 나를 지켜보다 무슨 마음이 들었는지 아침 무렵에 다시 사귀자고 했다. 그러다 얼마 못 가서 이번에는 내가 아주 하찮은 일로 헤어지자고 했다. 장학금과 아르바이트로 번 돈을 긁어모아 유럽 여행을 떠나 있었던 나는, 내 전화를 (내가 느끼기에는) 무성의하게 받는 그 애에게 이제는 끝이라고 메일을 보낸 뒤 빈의 벨베데레궁 연못에 커플링을 던져버렸다. 그런데 일본으로 돌아갔더니 그 애는 아무리 생각해도 내가 좋다고 했고(공교롭게도 내 전화를 전철에서 받아서 애정을 표출할 수 없었고 자신은 급작스럽게 차였다고 생각했단다), 우리는 다시 사귀었고, 별것 아닌 일로 또다시 헤어졌고, 그래도 여전히 사귀듯이 만났고….

헤어져도 헤어진 게 아닌 상태로 나는 한국으로 돌아왔다. 복학해서 학교를 다녔고, 졸업을 했고, 몇십 군데의 회사에 이력서를 넣은 끝에 간신히 취직을 했다. 내 적성과는 도무지 맞지 않는 회사에 어떻게든 적응해보려고 노력하던 와중에 일본으로 출장을 가게 되었다.

출장 마지막 날 밤, 시부야에서 그 애를 만나기로 했다. 역 맞은편 빌딩 스타벅스 2층에서는 그 유명한 스크램블 교차로가 한눈에 내려다보인다. 나는 창가에 자리를 잡았다. 책을 가져갔지만 한 페이지도 제대로 읽지 못했다. 책 읽기를 포기하고 창밖 교차로를 내려다보며 그 애가 언제쯤 저 인파에 섞여들까 생각했다.

얼마 뒤 도착했다는 메시지를 받고 1층으로 내려갔다. 하나도 변하지 않은 그 애가 조금 긴장한 표정으로 서 있었다. 우리는 방금 전까지 폭우가 쏟아져 한껏 습하고 축축해진 시부야 거리를 나란히 걸었다. 원래 가려던 식당에 자리가 없어서 결국 체인점 술집에 간신히 자리를 잡고 가볍게 서로의 근황을 나누었다. 예약을 해둘걸 그랬네. 아쉬운 표정으로 그 애가 여러 번 말했다. 식당 예약이라니, 대학생 때의 우리가 단 한 번도 해본 적 없는 행위였다. 우리가 사회인이 된 것이, 각자 떨어져 통과해온 시간이 느껴져서 기분이 이상해지려 했다.

술을 못하는 그 애가 여느 때처럼 나보다 먼저 취하더니 우리가 함께 보낸 시절을 하나하나 복기하기 시작했다. 처음 만난 날에는 닭꼬치를 먹었지. 이즈에 놀러갔을 때 재밌었잖아. 처음으로 크게 싸운 날은 무엇무엇 때문이었는데. 그때 왜 박찬욱 영화 DVD 같이 빌려 봤잖아….

하나도 재미없었다. 과거가 대체 무슨 소용인

가. 즐거웠던 추억담만 대충 늘어놓고 헤어질 뿐인 만남은 없는 편이 낫다. 동창회에 온 것이 아니니까. 그렇다면 나는 대체 이 애랑 무슨 이야기를 나누고 싶은 것인가. 그것은 나조차 알 수 없었다.

그만해, 앞으로에 대한 얘기나 하자. 나는 그렇게 말했고 그 애는 머쓱한 표정을 지었던 것 같다. 술집에서 나오니 딱히 갈 데가 없었다. 24시간 영업하는 가라오케에 들어가서 화면 맞은편의 긴 의자에 나란히 앉아 술을 홀짝이며 예전에 자주 부르던 노래를 서로 예약해주고, 또 가끔은 마이크에 대고 농담 섞인 시시한 이야기를 나누다 보니 날이 밝았다. 역에서 각자의 전철을 타고 헤어지기 직전 가볍게 포옹했다. 눅눅해진 그 애의 하얀 셔츠 위로 따뜻한 체온이 느껴졌다. 우리는 내일 다시 만날 사람들처럼 산뜻하게 뒤돌아서 서로의 길을 갔지만, 그 애의 온기만은 내 팔에 아주 오랫동안 달라붙어 있었다.

이쯤 되면 지겹겠지만 얼마 뒤 우리는 또 싸우고 말았다. 인터넷이라는 것은 왜 발달해서 국경을 뛰어넘는 연락을 하게 만드는지. 급기야 나는 몇 년을 묵혀둔 섭섭함을 하나하나 끄집어내며 폭발했고, 그 애는 지금도 이해할 수 없는 방식으로 내 존재를 차단해버렸다. 그 절단면은 난폭하게 잡아 뜯긴 종이나 천의 그것 같았다. 너덜너덜하고 지저분해서 이제는 두 번 다시 이어붙이기가 불가능했다. 서로가 진짜 끝이라는 것을 알았다.

우리가 사귄 것은 고작 1년이었지만 헤어지는 데는 훨씬 더 긴 시간이 필요했다. 그 애는 나에게 즐겁고 따뜻한 기억을 많이 안겨줬으나 그것은 오랫동안 생생한 통증도 함께 일으켰다. 안타까움과 슬픔, 후회와 자기 연민 같은, 나의 내부를 망가트리는 것들.

그 뒤로 시간은 놀랍게 빨리 흘렀다. 나는 네 군데의 회사를 거쳐 프리랜서가 되었고, 다른 사람을 사랑하게 되었으며, 그 사람과 연애하고 결혼해서 아이도 낳았다. 그 애와의 연애가 남긴 상처는 이제 소금을 갖다 부어도 아프지 않을 지경이다. 그러나 내 안에는 언제나 이 과거를 글로 써보고자 하는 욕구가 있었다. 그 애와 나의 만남에는 특수한 상황과 제약이 뒤따르기는 했지만, 결국 우리의 연애도 지극히 평범했다는 사실을 글로 정리함으로써 뒤늦게나마 확인해보고 싶었던 것인지도 모른다. 어쩌면 현재의 내가 궁지에 몰릴 때마다 과거를 미화하고 거기에 매달리지 않기 위해. 지금 내 옆에 있는 사람을 더욱 소중히 여기기 위해.

이렇게 구구절절 써놓고 보니 과연 우리가 했던 것은 더할 나위 없이 일반적으로 지지고 볶는 연애였다는 생각이 든다. 시간과 상황의 제약이 없었더라도 그 애와 나는 아마 (덜 싸우긴 했겠지만) 높은 확률로 헤어졌을 것이다. 당시에는 그 연애가 특별하기를 바랐는데 이제는 한껏 보편적이기를 소망하다니, 우스운 일이지만 사실이 그렇다.

우리가 서로에게 기쁨만을 주었던 시작점으로 거슬러 올라가 그 애의 자전거 소리가 한밤의 기적 소리 같았다는 생각에 이르면, 이제는 그 장면이 작고 투명한 유리구슬처럼 느껴진다. 흔들면 기적 소리가 나는 그 유리구슬은 가끔 꺼내 보면 예뻐서 좋지만 그 매끄러운 표면은 더 이상 나를 아프게도 가렵게도 하지 않는다. 그리고 나는 그 사실에 작은 슬픔과 거대한 안도를 동시에 느낀다.

# 팬심은 무엇을 어디까지 참게 하는가
— 『기사단장 죽이기』

각오는 했지만 육아는 정말이지 다른 차원의 고행이
었다. 아들이 태어나자 내 신체와 정신이 모두 이 작
은 인간을 위해서만 기능하는 것 같았다. 작은 인간
을 먹이고 씻기고 똥오줌을 치우고 안은 채로 밥과
빨래와 청소를 하고 (가끔은 볼일도 보고!) 그러면서
동시에 기저귀와 분유와 물티슈와 기타 등등의 육아
템을 떨어지지 않게 구비해두는 데 내 모든 기력을
다 썼다. 기진맥진이 기본 컨디션이었다.

　　어째서 육아는 더럽게 고생스럽고 피눈물 나게
힘든 일이라고 말해주는 이가 여태 없었을까. 분명
인류 멸망을 막기 위한 모종의 엠바고 같은 거겠지.
아니면 육아에 뒤따르는 희생을 모성과 부성으로 승
화시키려 하는 사회 분위기상 같은 고생담은 경험자
들끼리만 쉬쉬하며 나누는 것일 수도 있다. 그 증거
로 내가 출산하자 주위의 육아 선배들이 아련한 눈
빛으로 "많이… 힘들지?" 하며 지옥 구경이라도 하
고 온 듯한 경험담을 들려줬으니까. 그들은 내 어깨
를 토닥이며 마지막에는 꼭 이렇게 덧붙였다. "그래
도 시간은 가더라." 아이의 미소를 보면 피로가 씻
은 듯 사라진다는 거짓말은 누가 먼저 퍼트렸던가.
내 경험상 미소가 사랑스러운 것과 피로는 별개다.
꽃향기가 아무리 좋아도 그걸 맡았다고 결린 어깨가

풀어지지 않는 것과 마찬가지다.

신문도 읽을 시간이 없어서 끊어버렸다. 휴대폰을 쥘 짬이 나면 '친환경 기저귀' '무독성 로션' '아기 양치는 언제부터' 따위를 검색하느라 시간을 보냈다. 보다 못한 남편이 당번제 육아를 제안했다. 아기와 같은 공간에 있으면 결국 둘 다 못 쉬니까 주말에는 시간을 정해서 교대로 보자는 것이었다. 그렇게 나는 오전 당번, 남편은 오후 당번이 되었다.

당번제를 적용한 첫 주말. 오전 근무를 마친 나는 안방으로 후다닥 들어갔다. 이 황금 같은 자유 시간은 나만을 위해 쓰기로 결심했다. 침대 옆에는 출산 전 예약판매로 사서 진작 집에 도착해 있던 하루키의 신간 『기사단장 죽이기』*가 놓여 있었다. 임신과 출산을 겪었더니 손목이 특히 약해져서 1권 565쪽, 2권 598쪽에 달하는 이 '책 모양의 벽돌'을 드는 것조차 겁났지만 통증 따위가 무어냐. 최애 작가의 신간인데.

1권을 펼쳤다. 아내가 주인공에게 느닷없이 헤어져달라고 한다. 주인공은 자신의 그림교실 학생인 두 유부녀와 육체관계를 맺는다(음, 이 익숙한 느낌.

* 홍은주 옮김, 문학동네, 2017.

전형적인 하루키식 전개로군). 친구의 아버지가 살았던 빈집에 들어가게 된 주인공은 어느 날 밤 방울 소리에 이끌려 땅을 파보는데, 뒷날 그 방울 소리와 함께 기사단장이 나타난다. 기사단장은 자신이 '이데아'라고 말한다(점점 혼란스럽다). 주인공에게 초상화를 의뢰했던 멘시키라는 대부호는 자신의 딸일지도 모르는 소녀(마리에)를 보려고 건너편 저택을 사들였다고 한다(어디서 개츠비 냄새가 나는데*). 멘시키의 부탁으로 주인공은 마리에의 초상화를 그리게되는데, 마리에는 모델을 서다가 뜬금없이 "저, 가슴 작은 편이죠?"라고 묻는다(아아…). 1절만 했으면 좋겠는데 그놈의 가슴 이야기가 장장 다섯 페이지에 걸쳐 나온다. 자기 가슴이 작아서 브래지어도 필요 없을 정도라느니, 남자들은 가슴 큰 여자를 좋아하지 않느냐느니, 자기 고모 가슴이 크고 예쁘다느니. 출판사에서 쓴 보도자료에는 '현실과 비현실이 절묘하게 융합된 모험담'이라고 되어 있는데, 나

* 하루키는 피츠제럴드의 소문난 팬이며, 이 소설에서 멘시키가 골짜기 건너편 집을 바라보는 설정과 캐릭터 조형은 『위대한 개츠비』에서 따왔다고 스스로 밝혔다(『수리부엉이는 황혼에 날아오른다』, 무라카미 하루키·가와카미 미에코 지음, 홍은주 옮김, 문학동네, 2018, 194쪽).

에게 이 소설에서 가장 비현실적인 부분을 꼽으라면 바로 이 대목이라고 말할 것 같다. 대체 어떤 여중생이 친하지도 않은 그림교실 남자 선생님한테 자기 가슴(과 고모 가슴) 이야기를 저런 식으로 한단 말인가.

손목이 점점 아파온다. 팬심으로 고통을 참아가며 읽는데 점점 집중력이 흐려지면서 나도 모르게 생각이 자꾸 딴 데로 샌다. 내 귀한 자유 시간이 이런 식으로 사라지다니 분한 느낌마저 든다. 그래도 그 뒤 며칠에 걸쳐 틈날 때마다 '대관절 이게 무슨 이야기인가?'라는 의문을 해소하기 위해 2권까지 꾸역꾸역 다 읽었다. 10분의 쪽잠도 아쉬운 내가 이 책을 읽는 것이 과연 무슨 의미가 있을까 생각하면서(의미가 있기를 간절히 바랐으나 결말도 기대에 크게 못 미쳤다), 출산과 함께 내 이해력과 독해력이 왕창 떨어졌나 의심하면서(차라리 그랬으면 좋겠고 실제로 그럴 가능성도 있다). 그러나 내가 느끼기에는 결과적으로 '현현하는 이데아' '전이하는 메타포'라는 1, 2권의 부제들이 거창하게 여겨질 만큼 여기저기 펼쳐진 이야기들이 제대로 수습되지 못한 것 같았고, 등장인물의 행동에도 당위성이 부족해 보였으며, 무엇보다 현실과 비현실을 오가는 같은 설정의 전작

『태엽 감는 새 연대기』*나 『1Q84』**에 비하면 재미와 몰입도가 한참 떨어졌다.

나만 이런 것인가 싶어서 온라인 서점의 독자 리뷰를 찾아봤다. 대체로 후한 별점을 준 리뷰어들 사이에서 별 두 개를 준 독자의 글이 눈에 띄었다.

"노벨상 노린다는 소리에 짜증 나서 일부러 망작을 내놓은 거라고 생각하고 싶다."

물론 별 네 개나 다섯 개짜리 리뷰가 압도적으로 많으니 망작이라는 표현은 부당할 수도 있다. 사람들이 좋아하는 데는 나름의 합당한 이유가 있을 테니까. 가령 스피디하게 읽어서 독서 포만감을 줬다거나, 하루키 특유의 유머와 은유가 마음에 들었다거나, 구조가 흥미로웠다거나, 스토리 자체가 재미있었다거나(눈치채셨겠지만 나는 지금 필사적으로 이 책의 좋은 점을 찾아보고 있으나 갈수록 아전인수가 되어가는 느낌이 안 드는 것도 아니다. 아아⋯). 그러나 내게는 손목 통증을 참아가며, 귀중한 자유 시간을 바쳐가며 읽을 만한 책은 아니었다. 그리고 그 사실이 가장 유감스러운 사람은 다른 누구도 아

* 김난주 옮김, 민음사, 2018.

** 양윤옥 옮김, 문학동네, 2009.

닌 바로 나다.

유명 작가의 신작이 나오면 띠지나 뒤표지의 광고 문구에 꼭 들어가는 '집대성'이니 '최고작'이니 하는 단어를 독서가 끝난 후 냉소적으로 바라보게 될 때가 있다. 물론 독자의 시선을 사로잡아 책을 판매하기 위한 방편이겠지만, 포장지와 내용물의 갭이 크면 클수록 독자의 마음은 차게 식는다. 그 책으로 그 작가를 처음 접한 독자라면 아마도 높은 확률로 그의 신간을 두 번 다시 사지 않을 것이다. 마술사가 모자 속에서 집채만 한 코끼리라도 꺼낼 줄 알았는데, 지팡이를 휘두를 대로 휘두르고 반짝이도 뿌릴 대로 뿌리더니 결국 꺼낸 게 고작 먼지를 뒤집어쓴 조화 한 송이라면 관객이 그 쇼에 실망하는 건 당연하다.

하루키는 "편파적인 사랑이야말로 내가 이 불확실한 세상에서 가장 편파적으로 사랑하는 것들 중 하나"*라고 했고, 어쩌면 나 역시 하루키를 편파적으로 사랑해서 그의 신간이라면 무조건 구매하는 것일 수도 있다. 하지만 나는 하루키가 이름만으로 책

* 「번역하는 것과 번역되는 것」 『무라카미 하루키 잡문집』, 이영미 옮김, 비채, 2011, 260쪽.

을 파는 작가가 되지 않기를 바란다. 과거 일본 문학에 열광했던 독자들이 이제는 더 이상 요시모토 바나나나 무라카미 류, 에쿠니 가오리를 읽지 않는다는 사실이 내게는 가끔 쓸쓸하게 느껴진다. 같은 쓸쓸함을 하루키에게서만은 느끼고 싶지 않다는 것이 오랜 팬으로서의 내 솔직한 심정이다.

팬이라서 어쩔 수 없이 사는 책이 아니라 너무 좋아서 안 살 수가 없는 책. 그런 책을 나의 최애 작가가 또다시 쓸 수 있다고 믿는 것이 팬이 작가에게 보낼 수 있는 가장 큰 성원이 아닐까. 나는 그런 성원을 하루키에게 지속적으로 보내고 싶다. 모쪼록 다음 신간에서는 기대를 실망이 아닌 감탄으로 바꾸어주기를.

# 파스타를 만들고 재즈를 듣는 남자들

— 『국경의 남쪽, 태양의 서쪽』

한동안 드라마 〈봄밤〉에 푹 빠져 있었다. 거칠게 요약하자면 정인(한지민)이 오래 사귄 남자 친구 기석(김준한)을 떠나 미혼부 지호(정해인)에게 가기까지의 지난한 과정을 그린 작품인데, 세 배우의 호연과 섬세한 연출 덕분에 꼭 저런 인물들이 진짜 있을 것처럼 느껴져서 매번 과하게 몰입했다. 그래서인지 〈봄밤〉을 볼 때면 나는 늘 기석에게 몹시 화가 났다.

기석은 자신에게 마음이 식어가는 정인이 데이트 때 시큰둥한 표정을 짓고 있으면 "으이그 우리 애기, 오빠가 자주 못 만나줘서 삐졌구나?"라는 식으로 반응하는 남자다. 정인이 자신과 결혼할 의사가 없음을 5조 5억 번쯤 똑 부러지게 밝혀도 "넌 잠시 흔들리고 있는 거고 결국 네가 결혼할 사람은 나야"라고 말한다. 좋은 집안 출신에 번듯한 직업을 가졌고 외모까지 꽤 괜찮은, 그래서 누군가에게 차이는 자기 모습을 상상해본 적이 없는 듯한 기석의 자신감은 그래서 무척 재수가 없다(오죽했으면 나무위키 〈봄밤〉 항목의 인물 소개란에 "정인이 이별을 통보했음에도 불구하고 맘대로 불러내서 프러포즈를 했다. 천하의 개쌍놈이자 인간 말종"이라고 쓰여 있다).

기석과 같은 '니가 (감히) 날 거부해?' 타입의 자신감은 어쩌면 희박한 확률로 몇몇 사람의 취향을 저격할 수도 있을 것이다. 그러나 나 개인적으로는 그런 남자에게 끌린 적이 단 한 번도 없다. 아무리 외모가 근사하고 목소리가 매력적이어도, 좋아하는 책과 영화의 카테고리가 암만 겹쳐도 본능적인 거부감이 들고 만다.

　(TMI지만) 그렇다면 내가 매력을 느끼는 사람은 어떤 타입인가? 그들의 말투는 대체로 단호하지 않고 부드러우며, 때로는 조심성과 배려심으로 인해 자기가 내뱉은 문장의 궤도를 여러 차례 더듬더듬 수정한다. "삼겹살 좋아하시죠? 제가 괜찮게 하는 집을 아는데 거기 가시죠"라고 말하는 게 아니라 "혹시 삼겹살 좋아하시나요? 어, 만약 채식을 하신다면…"이라고 말한다. 극장에서 영화를 보고 나와 엘리베이터를 타자마자 봇물 터진 듯이 "MCU에서 이 캐릭터의 의의는 말이야, 아, MCU라는 건 마블 시네마틱 유니버스의 약자인데 어쩌고저쩌고" 하는 게 아니라 "영화 어땠어? 응, 그 신 참 좋았지"라는 식으로 대화를 시작한다. 농구나 축구를 한 뒤 와글와글 단체로 회식하는 것보다 혼자 달리기나 수영을 하고 집으로 돌아와 맥주 한 캔을 따서 마시는 데 행복을 느낀다. 요컨대 얼핏 보기에는 내성적이고 고독한 소년 같지만 함께 있으면 그 다정함이 서서

히 배어나는 사람, 자신에 대해 큰소리로 떠벌리지 않아도 그 내부에는 틀림없이 근사한 게 있으리라는 믿음을 주는 사람에게 나는 매번 반한다.

『국경의 남쪽, 태양의 서쪽』*을 오랜만에 다시 읽다가 어떤 단락에서 내 이상형의 원형 같은 것을 발견했다. 이 소설의 주인공 하지메는 고등학생 시절의 자신을 다음과 같이 묘사한다.

나는 많은 책을 읽었고 음악을 들었다. (…) 그러나 나는 그런 책과 음악에 대한 체험을 다른 누군가와 이야기하고 싶다는 욕망은 없었다. 나는 내가 나 자신이며 다른 누구도 아니라는 사실에 오히려 마음 편히 느끼며 만족했다. 그런 의미에서는 나는 지독히도 고독하고 오만한 소년이었다. 팀 플레이가 필요한 운동은 아무리 해도 좋아할 수 없었다. 다른 사람과 점수를 놓고 겨루는 경기도 싫었다. 내가 좋아한 운동은 오로지 혼자서 묵묵히 하는 수영뿐이었다.**

하루키 본인의 캐릭터가 상당 부분 반영된 듯

---

* 임홍빈 옮김, 문학사상, 2006.
** 같은 책, 33~34쪽.

한 이런 주인공은 사실 그의 작품에 꽤 자주 등장한다. 이를테면 휴일에는 자신만의 순서에 따라 세탁과 청소를 한 뒤 혼자 파스타를 능숙하게 해 먹을 것 같은 인물. 집에 클래식과 재즈 LP판이 잔뜩 쌓여 있고 좋아하는 브랜드 한두 군데에서만 꾸준히 옷을 사 입을 듯한 인물. 자신의 취향과 질서로 쌓아 올린 세계가 확고하면서도 그것을 타인에게 자랑하기는커녕 오히려 수줍어할 듯한 인물. 말하자면 하루키 자신의 분신과도 같은 인물 말이다. 실제로 하루키는 『이윽고 슬픈 외국어』에서 ① 운동화를 신고 ② 한 달에 한 번 (미용실이 아니라) 이발소에 가며 ③ 일일이 변명하지 않는 것을 '사내아이'의 조건으로 꼽으면서 자신도 이 세 가지를 어떻게든 충족시키며 살고 싶었다고 말했는데,* 이런 소년의 이미지는 하루키의 주인공들과도 일맥상통하는 데가 있다 (생각해보니 나는 언제나 구두보다 운동화—정확히는 스니커즈—를 신는 남자를 훨씬 더 좋아했다. 소오름!).

한 작가의 소설을 어릴 때부터 읽는 것이 이렇게 위험하다. 그것이 결국 이상형 형성에까지 영향

* 『이윽고 슬픈 외국어』, 김진욱 옮김, 문학사상, 2013, 186쪽.

을 주니까. 하루키의 소설에서 그런 인물 묘사를 보면 내 머릿속에는 여지없이 '이런 사람 어디 없나?'라는 생각이 떠오르는데, 은근히 흔할 것 같은 그런 이들이 내 주위에만은 마치 멸종 위기종처럼 드물다. 다 떠나서 남자 사람 지인이 파스타를 만드는 광경조차 나는 살면서 한 번도 본 적이 없다. 후배의 애인이나 친구의 팀원 중에는 간혹 그런 유니콘이나 해태가 있다고 들었다. 그러나 그들이 요리한 파스타를 내가 먹어볼 일은 이전에도 없었고 이후에도 높은 확률로 없을 터이니, 말하자면 내게는 존재한다고도 할 수 없고 존재하지 않는다고도 할 수 없는 슈뢰딩거의 파스타남인 셈이다(왜 이렇게 파스타 타령인가 하면, 이것도 다 하루키의 주인공들이 이 책 저 책에서 파스타를 만들어대기 때문인 것 같다). 그러므로 그들과 데이트 한번 못 해보고 좋은 시절을 다 보내버린 나로서는 상상을 통해서만 욕구를 충족시킬 수 있다.

가령 나는 어느 화창한 토요일 오후, 제임스(물론 뒤에 생략된 것은 카메론이 아니라 맥어보이)의 집에 처음으로 놀러가는 상상을 한다. 제임스의 주방에는 발음하기 힘든 이름의 향신료와 엑스트라 버진 올리브오일 따위가 갖추어져 있지만 그는 결코 그것에 대해 뽐내거나 설명하려 들지 않는다. 그는 나를 소파로 안내하고 내가 좋아할 법한 프로그램으로 TV 채널을 맞춘 뒤 요리를 시작한다(시대가 언제인데 VOD를 트는 게 아니라 채널을 맞추는 것인가 하는 의문은 넣어두자).

곧이어 편마늘이 올리브오일에 익어가는 향긋한 냄새가 부엌에서 흘러나오고, 실은 TV보다 그가 소유한 사물에 관심이 더 많은 나는 살며시 일어나 거실을 탐사하기 시작한다. 책장에 꽂힌 책들의 제목을 하나하나 확인하고 벽에 붙여둔 사진이나 포스터를 면밀히 관찰한다. 턴테이블을 조심스럽게 동작시켜서 걸려 있던 LP를 들어보기도 한다. 물론 나오는 음악은 야나체크니 라흐마니노프니 하는 것들이고, 그는 취향을 들켰다는 사실에 움찔하며 귓불을 붉히지만 말없이 요리를 계속한다(내가 좀 변태 같은가? 겸허히 인정하겠다).

이윽고 그는 심플한 접시에 먹음직한 파스타를 익숙한 솜씨로 플레이팅한다. 나는 들고 간 와인을 따서 잔에 따른다. 우리는 느긋하게 식사를 시작한다. 그가 만든 요리는 기대대로 내 입맛에 딱 맞다. 식재료도 오늘을 위해 좋은 것을 구해온 티가 나지만 나는 그가 부끄러워할까 봐 짐짓 모르는 척하고,

다만 주의 깊게 언어를 골라 그의 요리 솜씨를 칭찬한다. 내심 다음 주 토요일에도 그가 나를 위해 요리해주기를 바라며. 그러나 그 마음을 아직은 들키고 싶지 않다고 생각하며.

식사를 마친 다음에는 개천을 따라 산책을 해도 좋고(그렇다, 제임스는 개천가에 산다), 그가 가진 DVD 중 재미있어 보이는 것을 함께 골라서 봐도 좋다. 이 첫 번째 집 데이트 이후로 제임스와 나의 관계는 급속히 진척될 수도 있고 오히려 조심조심 차근차근 깊어질 수도 있다. 어쩌면 별다른 사건 없이 멀어질 가능성도 있을 것이다. 그러나 우리 앞에 펼쳐진 수백, 수천 개의 오솔길 중 어느 것을 택하더라도 제임스와 나는 이날의 데이트를 오랫동안 잊지 못한다. 그리하여 그 후로도 우리는 기나긴 인생에서 이날을 종종 회상하며 그 온기를 가만히 느낀다. 이것이 내가 상상할 수 있는 가장 근사한 데이트다.

그러나 나는 그런 데이트의 세계로부터 진작 멀어졌다. 이제 내가 할 수 있는 일은 내 아들에게라도 스니커즈를 사 주고 파스타 만드는 법을 가르치는 것뿐이다. 아들이 요리하는 파스타를 얻어먹을 나 자신을 위해, 혹은 미래에 아들의 연인이 될 누군가를 위해.

# 반환점에서 기다리는 것은

― 「풀사이드」

「풀사이드」*라는 단편은 중학교 때 처음 접했다. 이 단편이 실린 단행본이 당시 한국에 출간되어 있었는지는 잘 모르겠지만, 나는 PC통신 하루키 팬클럽의 어느 게시판에 누군가가 통째로 무단 번역해 올려놓은 것을 프린트해서 보게 되었다(저작권 개념이 워낙 희박하던 시절이었지만 지금 생각하니 해서는 안 될 짓이었다…). 여하튼 그 단편은 A4 용지로 뽑으니 열 장도 채 안 되는 분량이었고, 나는 출력물을 스테이플러로 찍어서 학교 책상 서랍에 넣어두고 가장자리가 너덜너덜해질 때까지 읽었다.

이 단편의 주인공은 서른다섯 살이 되던 봄 자기 인생의 반환점을 돌기로 '결심'한다. 자기가 언제 죽을지 아는 사람은 없다. 그러나 그는 반환점이 지나가는 것도 모르는 채 나이를 먹어가기보다 자신의 현재 위치를 명확히 파악하고 싶어 했다. 그런 사고방식은 학창시절의 수영 선수 경험을 통해 그의 내면에 뿌리내린 것이었다. 그는 경기장에서 턴을 할 때마다 '이것으로 절반이 끝났다' '이제 4분의 3은 끝났다'라는 식으로 생각하며 전체 여정에서 제 위

* 「풀사이드」 『회전목마의 데드히트』, 권남희 옮김, 문학동네, 2010.

치를 가늠하는 버릇을 들여왔다.

사실 세월은 한 방향으로 흘러가니 인생의 중간에 있는 것도 정확히는 '반환점'이 아니라 '중간점'이겠지만, 나는 이 단편 속의 '반환점'이라는 단어가 꽤 마음에 들었다. 어딘가로 전력을 다해 떠났다가 어떤 변화를 겪은 후 결국 원점으로 되돌아오는 이미지가 좋았던 것일 수도 있다. 여하튼 이 작품을 계기로 나도 인생의 반환점을 언제쯤으로 잡으면 좋을지 종종 상상해보게 되었다.

현대인의 기대수명이 여든 전후라는 점을 생각하면 인생의 반환점은 마흔 즈음으로 설정하는 것이 무난할 듯하지만, 어린 시절의 나는 마흔이 나에게서 1억 광년쯤 떨어져 있는 나이인 줄 알았다. 「풀사이드」의 주인공도 자신의 반환점을 서른다섯으로 설정하지 않았던가. 청소년기의 나는 왠지 내 인생의 반환점이 서른이었으면 했다. 서른 즈음에는 집과 차를 소유하고 안정된 직장에서 커리어의 정점을 찍고 있을 줄 알았기 때문이다. 어린놈이 헛된 꿈을 꾸었구나.

내가 취업 활동을 시작한 2007년에 무슨 일이 일어났던가. 서브프라임 모기지 사태가 바로 그해에 일어났다. 그 뒤로 이어진 세계 금융 위기와 경제 침체의 여파로 기업들은 앞다투어 채용 규모를 줄이거나 신입 사원을 아예 뽑지 않았다. 2007년 상반기까지 일본에 있었던 탓에 한국의 취업 시장에 대해 전혀 아는 것이 없었던 나는 남들이 하는 것이라도 보고 배우기 위해 취업 스터디 그룹에 들어갔다. 멤버들끼리 모의 면접을 하면 나를 제외한 모두가 어떤 질문에도 그럴싸한 전문용어를 섞어가며 막힘없이 자신의 의견을 피력했다. 다들 학교에 입학한 순간부터 명확한 꿈과 비전을 향해 달려온 사람들 같았다. 그들이 금융과 무역과 안보에 관한 지식을 쌓아 올리는 동안 나는 무엇을 했던가. 우물과 쌍둥이와 양 사나이 따위가 나오는 소설에 심취해 있었다. 동시에 "부끄럼 많은 인생을 살아왔습니다"라는 문장이나 근대인의 삼각관계에도 매료되어 있었다. 그러나 다자이나 소세키가 다 뭔가? 애초에 하루키가 좋다는 이유로 일문과에 진학하다니, 대체 얼마나 현실감각이 없었던 것인가? 나는 내 무지를 애꿎은 책 탓으로 돌리며 먹고사는 데 아무런 도움이 안 되는 것에 정신이 팔려 있었던 자신을 원망했다. 스스로가 한심해서 한동안 소설책에는 손도 대지 않았다.

2008년 졸업생들은 평균적으로 입사 지원서를 스물여덟 번 쓰고 면접을 세 번 봤다고 한다. 나 역시 예외는 아니어서 평균을 조금 웃돌 정도의 입사 지원서를 썼으며 그 가운데 세 번의 면접 기회를 얻었다. 물류 회사와 공업용 다이아몬드 회사와 여행사였다. 이 직종들의 어마어마한 무연관성에서도 엿볼 수 있듯 당시의 나는 직업을 통한 자아실현이고 나발이고 안중에 없었다. 내가 원했던 것은 오직 서울의 월세와 생활비를 충당할 수 있을 만큼의 월급이었고, 회사 일이야 거기서 거기일 거라고 막연히 생각했다. 세 회사 중 최종 합격한 곳은 물류 회사 딱 하나. 면접을 말아먹었다고 생각했던 탓에 합격 전화를 받고 조금 울었다.

그곳에서 내가 맡은 업무는 동남아행 비행기에 고객사의 화물을 실어 보내는 일이었다. 고객사로부터 받은 운송비를 보다 많이 남겨먹기 위해 나는 항공사의 중년 아저씨들을 상대로 날마다 물류 단가를 후려쳤다. 항공사에서는 기름값도 안 나온다고 한숨을 쉬고, 그러거나 말거나 우리 팀장은 더 깎으라고 야단이고, 나는 킬로그램당 10원만, 20원만 깎아달라고 읍소하고, 그 와중에 중국에서는 지진이 나고, 북유럽에서는 화산이 폭발하고, 비행기는 못 뜨고, 물건이 못 가면 자연재해도 내 탓이 되어 돌아오고, 그러다 보면 정신이 아주 너덜너덜해져서 몰래 화장실에 앉아 꺽꺽 우는 나날이 이어졌다.

　　스물여섯의 나는 자아를 업무용과 개인용으로 분리하는 방법을 알지 못했다. 내가 속한 팀에서는 선배가 후배에게 당연하다는 듯 반말을 했고 그 앞뒤로 종종 "야 이 씨…"가 따라붙었다('발'이 마저 붙지 않았던 게 그나마 다행이랄까). 심지어 팀장은 자신보다 직급은 낮지만 나이는 많았던 차장을 "야! 김××!"라고 불렀다. 사람들은 사소한 일에도 화를 참지 않음으로써 자신의 서열이 상대보다 위라는 것을 증명하려 했다. 사고가 터지면 자기보다 직급 낮고 힘 약한 사람의 잘못으로 돌렸다. 인간에 대한 환멸이라는 것을 철저히 맛보던 나날이었다. 더 심각한 점은 그 안에 있다 보니 나도 여지없이 그런 사람이 되어가고 있었다는 것이다.

　　회사가 인천에 있었던 탓에 나는 5호선의 왼쪽 끝인 송정역 근처에서 원룸을 빌려 살았다. 광화문에라도 가려면 지하철만 장장 40분을 타야 했으니 퇴근 후 누구를 만나러 시내로 나가기도 여의치 않았다. 휴일에는 혼자 자전거를 타거나 김포공항 CGV에서 영화를 보거나 옆 동네로 피아노를 배우러 다니는 등 나름대로 생활을 즐겨보려 했지만 뭔가 본질적인 것, 생기나 활기 같은 것이 자꾸만 손가락

사이로 빠져나가는 느낌이었다.

말라 죽어가던 자아의 생존 본능이 발휘된 것인지, 어느 날 나는 『바람의 노래를 들어라』 원서와 공책을 들고 송정역 맥도날드로 향했다. 2층 창가에 자리를 잡은 뒤 원문을 한 줄 쓰고 그 아래로 내가 번역한 문장을 붙여 쓰기를 반복했다. 이윽고 좀 이상한 일이 일어났다. 마음이 별안간 지잉, 하고 울리기 시작한 것이다. *"완벽한 문장 같은 건 존재하지 않아. 완벽한 절망이 존재하지 않듯이."* 지잉. *"이를테면 코끼리에 대해 무언가를 쓸 수 있었다 해도, 코끼리 조련사에 대해서는 아무것도 못 쓸지도 모른다."* 지잉. *"물론 온갖 것으로부터 무언가를 배우려 하는 자세를 유지하는 한, 나이를 먹는 건 그다지 고통스럽지 않다."* 지잉, 지잉.

몇십 년 동안 잊지 못한 첫사랑과 재회라도 한 양 내 가슴에서는 그리움과 반가움과 즐거움과 애틋함이 폭죽처럼 펑펑 터졌다. 먹고살기 위해 마음에 쌓아둔 담이 손쓸 도리 없이 무너지며 거기서 흘러나온 것들이 내 발을 적셨다. 아, 너무 좋아. 내가 원한 건 바로 이거야. 나는 이 일을 해야 해. '이 일'을 하려면 구체적으로 무엇을 어떻게 해야 하는지도 모르는 채 나는 그렇게 생각했다. 내가 저지르는 대부분의 일이 그렇듯 정말이지 무모한 자기 확신이었다. 그러나 그것은 거창하게 비유하자면, 무라카미 하루키가 1978년 4월의 어느 날 진구 구장에서 야쿠르트 스왈로스의 데이브 힐턴이 띄워 올린 2루타를 보고 자신도 소설을 쓸 수 있으리라고 확신했던 순간과도 비슷하게 느껴졌다. 어떤 맥락이나 근거가 없더라도 인생은 때로 그런 마법을 부리는 모양이다.

결과론적인 이야기지만 그 뒤로는 모든 것이 마치 정해진 결말을 향해 달려가듯 일어났다. 나는 물류 회사를 그만두고 칼퇴근을 할 수 있는 다른 회사로 이직했다. 동시에 번역 학원을 다니면서 베테랑 선생님께 여러 조언을 들었다("웬만하면 번역은 하지 마세요. 먹고살기 힘드니까" "꼭 해야겠다면 젊은 분들은 일단 출판사에 들어가서 인맥을 쌓으세요" "2~3년은 수입이 거의 없을 테니 저금을 좀 해둔 다음에 시작하세요" "아무튼 오래 하는 사람이 살아남는 거예요"). 선생님의 말씀대로 두 번째 회사를 그만두고 출판사 두 군데를 더 거쳤다. 그리고 나는 마침내 전업 번역가가 되었다.

나의 이삼십대는 하루키의 문장에서 출발하여 예상치 못한 경로를 거쳐 예기치 못한 변화를 겪은 후 다시 원점으로 되돌아온 느낌이다. 그렇다면 그 문장으로부터 가장 멀리까지 갔다가 유턴했던 송정역 맥도날드 2층이 내 인생의 반환점이라고 할 수 있을까. 어린 시절 꿈꿨던 것과는 달리 막상 도착한 반환점에는 집도 차도 쌓아놓은 커리어도 없었지만, 무모한 자기 확신과 불안과 설렘이 기다리는 곳도 나름대로 괜찮은 반환점이 아닐까 생각한다. 물론 이것도 다행히 내가 번역가가 되었으니 할 수 있는 말이다.

앙코르와트를 무너뜨리고 인도의 숲을
태우는 멋지고 기념비적인 사랑
— 『스푸트니크의 연인』

스물두 살의 봄, 스미레는 난생처음 사랑에 빠졌다. 광활한 평원을 가로지르며 돌진하는 회오리바람처럼 격렬한 사랑이었다. 그것은 지나가는 땅 위의 형태가 있는 모든 사물들을 남김없이 짓밟고, 모조리 하늘로 휘감아올리며 아무 목적도 없이 산산조각 내고 철저하게 두들겨 부수었다. 그리고 고삐를 추호도 늦추지 않고 바다를 가로질러 앙코르와트를 무자비하게 무너뜨리고, 가련한 한 무리의 호랑이들과 함께 인도의 숲을 뜨거운 열로 태워버렸으며, 페르시아 사막의 모래폭풍이 되어 어느 곳엔가 있는 이국적인 성곽 도시를 모래 속에 통째로 묻어버렸다. 그것은 멋지고 기념비적인 사랑이었다.[*]

누군가 도입부가 가장 멋진 하루키의 소설이 무엇인지 묻는다면 나는 주저 없이 『스푸트니크의 연인』이라고 말할 것이다. 광활한 평원을 가로지르며 돌진하는 회오리바람 같은 사랑, 앙코르와트를 무자비하게 무너뜨리고 한 무리의 호랑이들과 함께 인도의 숲을 태워버릴 정도로 멋지고 기념비적인 사랑이라니. 이런 사랑에 대해 이 책을 읽을 당시 청소

---

[*]『스푸트니크의 연인』, 임홍빈 옮김, 문학사상, 2010, 7쪽.

년이었던 내가 어떻게 환상을 품지 않을 수 있었겠는가.

실제로 먼 과거 내가 했던 연애가 멋지고 기념비적이었는지는 잘 모르겠지만 길가의 풀 정도는 태울수 있을 만큼 뜨겁긴 했다. 이십대의 나는 스미레처럼 누군가에게 푹 빠지면 눈에 뵈는 게 없어지는 타입이었고, 그로 인해 지금도 떠올리면 한밤중에 이불을 걷어찰 만한 짓을 숱하게 했다. 사회인의 연애는 좀 다를 줄 알았다. 스미레가 한눈에 반한 열일곱 살 연상의 매력적인 여성 뮤처럼 잘 세팅된 머리에 고급스러운 장신구를 하고 우아하게 퇴근 후의 밤 데이트를 즐기는 게 회사원의 연애라고 생각했다.

현실의 나는 세팅된 머리는 개뿔. 말리는 것도 벅차서 비에 젖은 부랑자의 몰골로 출근하곤 했다. 우아가 뭔가요, 집에 우환이나 없어 보이면 다행이지. 심지어 첫 출근으로부터 거의 한 달 동안은 긴장과 피로가 극에 달해서 퇴근하자마자 외출복 그대로 침대 위로 쓰러져 불도 켜둔 채 잠드는 게 일상이었다. 아침에는 알람이 백서른두 번쯤 울리고서야 무덤에서 되살아난 좀비처럼 뼈마디를 맞추며 일어났다. 연애니 청춘이니 하는 푸릇푸릇한 단어는 내 사전에서 지워질 지경이었다. 그런데 그 시기의 내가 남들 눈에도 퍽 불쌍해 보였던지, 연말쯤 되자 이상하게 자꾸만 소개팅이 들어왔다. 호기심이 귀찮음을 이겨서 한두 달 동안은 거의 매주 홍대나 합정에서 낯선 이들을 만났다.

어떤 분은 만나자마자 다짜고짜 본인은 피복에 돈을 쓰는 건 어리석은 짓이라고 생각한다며 내 옷차림을 눈으로 훑었다(나는 그때 6만 8,000원짜리 원피스를 걸치고 있었을 뿐이다). 또 어떤 분은 시종일관 자신과 자신의 가문(?)이 소유한 돈과 땅이 얼마나 많은지에 대해 은근하고 집요하게 피력했다. 또 다른 분은 메뉴판에 쓰인 '애플 비니거'가 뭐냐고 중얼거리기에 사과 식초 아닐까요, 했더니 나를 세상 잘난 척하는 인간 취급했다("영어 좀 하시나 봐요?"). 대체 어쩌라고…. 물론 그들도 일단은 주선자의 소개로 내 앞에 앉아 있는 것이니 나름대로 매력적인 사람들이겠지만, 다른 건 몰라도 우리가 서로의 귀한 휴일을 낭비시키고 있다는 사실만은 명백했다. 소개팅 예법상 식사만 하고 내뺄 수 없었던 나는 2차는 무조건 술집으로 직행해서 맥주나 칵테일을 위장에 들이부었다. 생전 처음 만나는 사람과 연애를 전제로 장시간 간을 보는 것은 도무지 맨정신으로 할 수 없는 일인 데다, 취기라도 돌아야 그나마

웃는 얼굴로 헤어질 수 있었기 때문이다(아마 상대
도 마찬가지였겠지!).

　　그러던 와중에 S를 만났다. 내 마지막 소개팅
상대였다. 친구가 회사에서 예스24 박스를 들고 지
나가던 그를 목격하고는 '책 좋아하는 사람'으로 착
각하여 나에게 연결시켜준 것이다. 홍대입구역에서
얼굴도 모르는 상대를 찾아 두리번거리다가 어색하
게 눈이 마주치는 이에게 "저 혹시 소개팅…" 하고
말을 거는 상황에도 어지간히 염증이 났던 나는 그날
S에게 내가 아는 식당에서 바로 만나자고 제안했다.
스마트폰이 없던 시대였으므로 문자로 소상히 오는
길을 설명하고 15분쯤 먼저 가서 그를 기다렸다.

　　S가 눈앞에 나타났을 때는 너무 훤칠하고 멀쩡
해서 깜짝 놀랐다. 주선자가 준 사진 속의 그는 1세
대 남자 아이돌처럼 이글거리는 눈빛으로 카메라를
손가락으로 가리키고 있어서 어지간한 괴짜일 줄 알
았기 때문이다. 그는 배가 고팠는지 광속으로 접시
를 비우다가, 마지막 한 숟가락이 남았을 때 내 몫의
요리가 절반도 채 줄지 않았다는 사실을 뒤늦게 알
아차리고는 내가 다 먹을 때까지 두 손을 모으고 얌
전히 기다렸다. 호감 가는 사람이라고 생각했다.

　　S와 나는 장장 세 달을 만난 뒤에야 정식으로

사귀기 시작했다. 보통 소개팅 상대와는 세 번쯤 만나면 사귀는 단계로 넘어간다는 것이 학계의 정설이라는 점을 생각하면 우리의 연애는 비교적 느리게 전개된 케이스라고 할 수 있다. 어쩌면 우리가 서로의 마음에 불을 지르기에는 본질적으로 너무 다른 사람들이라서 그랬을 것이다. 가령 S의 유일한 취미는 게임이고 나는 게임을 일절 하지 않는다. S는 스키와 스노보드를 즐기지만 내가 눈 위에서 탈 수 있는 건 썰매뿐이다. S는 물 공포증이 있고 나는 모든 스포츠 중 수영을 가장 좋아한다. 알고 보니 S는 책도 거의 안 읽는 사람이었다(예스24 박스를 들고 있었던 이유는 갓 유럽 여행을 다녀와 서양 미술에 반짝 관심이 생겨서 관련 서적을 구매했기 때문인데, 그 뒤로 지금까지 약 10년 동안 나는 그가 책을 사는 모습을 보지 못했다). 심지어 직업도 나는 번역가, 그는 프로그래머라서 "내가 번역한 책 왜 안 봐?"라고 물으면 "넌 내가 짠 코드 왜 안 봐?"라고 응수해온다. 이렇게 열거하다 보니 나조차 어떻게 이런 종이 다른 생명체와 연애가 가능했는지 모르겠다. 그러나 역설적이게도 바로 그 이유로 우리는 세 달 동안 서로에게 조바심 내지 않고 물같이 만나다가 관계를 발전시킬 수 있던 것 같다.

    사람의 인연이란 참으로 알 수가 없는 것이다. 만약 우리가 서로를 향해 돌진하는 행성이었다면 누구 하나는 (혹은 둘 다) 산산이 부서져서 우주의 먼지가 되었을 수도 있다. 그러나 우리는 서로 너무 멀지 않은 거리에서 각자의 궤도로 적당히 우주를 돌아다녔고 그러다 마침내 결혼에 이르렀다. 정말이지 인도의 숲은커녕 길가의 풀조차 태우지 못할 평화로운 연애결혼이었다.

    어느덧 결혼 9년 차다. 재작년에는 아이가 태어나 전쟁 같은 육아 속에서 (우리로서는 드물게) 격정적인 싸움을 거듭했다. 평화로운 사랑이 다 뭔가요, 서로 멱살이나 안 잡으면 다행이지. 그러나 그 지긋지긋한 싸움 속에서 때로 궤도를 이탈하여 폭주하는 나와는 달리 남편은 단 한 번도 험한 말을 하지 않았다. 우리처럼 하나부터 열까지 다른 사람들이 서로를 이해하기란 애초에 불가능했다고 절망하는 나와는 반대로, 남편은 놀라운 의지로 세상의 모든 명사와 동사와 형용사와 부사를 끌어모아 사태를 규정하고 자신의 생각을 설명한다. 인간이 달라질 수 없다고 믿는 나는 말다툼의 경기장 밖으로 뛰쳐나갈 궁리만 하지만, 인간이 달라질 수 있다고 믿는 남편은 나를 연신 돌려세워 기어코 링 위로 다시 끌고 온다.

자신이 납득하지 못하는 지점을 캐묻고 상황을 개선하기 위한 프로세스를 정립한다. 그 지난하고 지긋지긋한 과정이 마무리되면 나는 마침내 남편을 아주 조금 더 이해하는 데 성공한다. 남편도 아마 그럴 것이다. 이상하게도 좋은 사람과 결혼했다는 확신은 이런 화해의 끝에서 깊어진다. 이 사랑이 앙코르와트를 무너뜨리고 인도의 숲을 태우지는 못하겠지만, 우리가 하는 화해의 방식에는 멋지고 기념비적인 데가 있는 것만 같다.

# 직업으로서의 번역가
— 『직업으로서의 소설가』

얼마 전 김중혁 작가의 『무엇이든 쓰게 된다』*를 읽다가 어느 대목에서 폭소가 터졌다. 한국문학번역원에서 자신의 소설을 텍스트 삼아 번역 공부를 하는 학생들을 만나는 자리에 가면 대체로 나오는 질문이 "작품 속에는 칼이라고만 적혀 있는데 식칼인가요, 커터 같은 건가요?" "소설 속에 나오는 시계는 구체적인 모델이 있나요?"와 같은 것이라서 무척 재밌고 즐겁다는 내용이었다.** 그렇다. 번역가의 의문은 대체로 소설의 주제나 문제의식 같은 거창한 것이 아니라 이런 소소한 디테일에 집중되어 있다. 원서에 "대각선으로 길을 건너"라고 나오면 그게 오른쪽 대각선인지 왼쪽 대각선인지 알고 싶고, "보드에 몸이 깔려"라고 나오면 그 보드가 얼마나 큰 것인지 확인하고 싶다. "오묘한 빛을 띤 ××사의 청색 유리병"이라고 묘사되어 있으면 그 유리병을 실제로 찾아보지 않을 방도가 없다. 내가 작업하는 책은 에세이가 많아서 원서에 등장하는 사물이나 장소도 거의 인터넷으로 확인할 수 있는데, 이런 것을 검색하다 보면 시간이 정말 훅훅 간다. 창작의 고통으로 마감 압박

* 김중혁 지음, 위즈덤하우스, 2017.
** 같은 책, 89쪽.

에 시달리는 소설가와는 달리 번역가는 이런 걸 찾아보느라 늘 시간이 부족하다.

생각해보면 소설 창작과 번역은 이토록 다른 작업인데, 세상에는 소설도 쓰고 번역도 하는 초인이 존재한다. 하루키 역시 그런 초인 중 하나다. 소설을 쓰고 싶지 않을 때면 '기분 전환 삼아' 번역을 한다는 이분께서는 스콧 피츠제럴드, 레이먼드 카버, 트루먼 커포티, 레이먼드 챈들러 등등 본인이 좋아하는 작가의 소설을 다량 일본어로 옮겼다(기분 전환치고는 어마어마한 분량이다. 대체 얼마나 잦은 기분 전환이 필요했던 것인가…).

하루키는 『직업으로서의 소설가』*에서 번역은 기본적으로 기술적인 작업이기 때문에 대체로 일상적으로 할 수 있다고 했는데 이는 정말이지 옳은 말이다. 번역은 업무 의욕이 샘솟지 않을 때도, 컨디션이 안 좋을 때도, 개인적인 근심거리가 있거나 괜스레 기분이 울적할 때도 일단 책상 앞에 앉아서 일정 시간을 투입하기만 하면 그날의 정해진 분량을 끝낼 수 있는 작업이다. 그러므로 "오늘은 한 줄도 못 썼어!" 원고지를 구기며(혹은 마우스를 집어 던지며)

* 양윤옥 옮김, 현대문학, 2016.

창작의 고통으로 고뇌하는 소설가(저의 상상입니다)와 같은 모습은 번역가에게서는 볼 수 없다. 아니, 볼 수 없다기보다 번역가에게는 이런 일이 있어서는 안 된다. 소설가는 마침표를 자의로 찍을 수 있지만 번역가는 그럴 수 없으니까. 번역가는 어쨌거나 책 날개의 저자 약력에서부터 본문 뒤에 붙은 작품 해설까지 한 단어도 빼먹지 않고 꾸역꾸역 옮겨야만 마감을 할 수 있으므로, 어느 정도 자신이 정해둔 작업량을 하루하루 성실히 소화해낼 필요가 있다.

한편으로 소설가와 번역가는 둘 다 책상 앞에 오랫동안 앉아 있어야 하는 직업이다. 그러니 두 직업에 요구되는 하드웨어(?)의 조건은 비슷할 텐데, 아마도 그것은 체력과 지구력이 아닐까 한다. 하루키는 전업 작가가 되면서부터 달리기를 시작해 30년 넘게 거의 매일 한 시간 정도 달리기나 수영을 해왔고, 또 1년에 한 번은 마라톤과 철인레이스에도 참가한다고 한다(이쯤 되면 준체육인!). 그렇게까지 해야 날마다 대여섯 시간씩 컴퓨터 화면 앞에 홀로 앉아서 의식을 집중하여 이야기를 만들어나갈 수 있다는 것이다.

나 역시 하루키를 본보기 삼아 그간 준체육인이 되려는 시도를 소심하게나마 해왔다. 시간이 남아둘던 번역 초창기에는 자전거로 30분을 달려 수영장에 가 한두 시간 헤엄친 뒤 다시 자전거로 30분 되돌아오는 강도 높은 유산소운동을 거의 매일 했다. 그런데 여기에는 치명적인 단점이 있었다. 운동만으로 너무 기진맥진해서 나머지 시간은 시체처럼 누워 있어야 했다는 것이다. 이윽고 번역 의뢰가 차츰 들어와 하루에 열 시간 이상 책상 앞에 앉아 있는 강행군의 나날이 시작되자 어떻게든 시간을 쪼개어 발레와 필라테스 등으로 거북목 교정과 체력 증진을 동시에 꾀했다. 아이를 낳은 뒤로는 내 시간이 더욱 없어졌지만 그래도 플라잉요가도 해보고 헬스장도 등록해가며 나름대로 애썼다. 그러나 일은 점점 쌓여가고 시간은 점점 없어져 운동과 멀어진 지 몇 달째. 심지어 어제는 노트북을 싸 들고 집 앞 스타벅스에 가서 이 글을 쓰며 몇 시간 앉아 있었더니 체력이 달렸고, 거의 토할 지경이 되어 황급히 작업을 중단했다. 체력이 필요하다는 글을 한자리에서 다 쓰기에는 체력이 부족한 아이러니. 그러나 이 글을 계기 삼아 다음 달에는 기필코 무슨 운동이든 시작해볼 것이다. 번역은 오래 하는 자가 살아남는 법이고(내가 한 말이 아니라 내 번역 스승님의 말씀이다), 내가 건강한 몸으로 번역을 오래 해야 언젠가 하루키의 작품을 맡을 날도 올 거니까(하루키라면 백 살이 넘 도록 글을 쓸 수도 있지 않을까?).

내친김에 번역이라는 작업에 대해 조금 더 말해보고 싶다. 평소 아무도 물어보는 사람이 없어서 스스로 멍석을 깔아보는 것이다. 물론 이것은 식견의 폭이 종잇장처럼 얇은 일개 무지렁이 번역가(= 나) 개인의 생각일 뿐이라는 점은 모쪼록 알아주시기 바란다. 역시 『직업으로서의 소설가』에서 하루키는 무엇이 오리지널이고 무엇이 오리지널이 아닌가 하는 판단은 작품을 받아들이는 사람과 '합당하게 경과한 시간'의 공동 작업에 맡기는 수밖에 없다며, 동시대인들에게는 문체에 대한 비판과 야유를 받았지만 시간의 경과와 함께 고전으로 자리 잡은 나쓰메 소세키와 어니스트 헤밍웨이의 작품을 그 예로 들었다. 그 말대로 고흐의 그림처럼 동시대인들에게는 외면당해도 나중 세대로부터는 인정받는 일, 요컨대 스타일이 시대를 앞서 나가는 일이 소설이나 음악, 그림과 같은 예술 분야에서는 일어날 수 있다. 그러나 번역은 대체로 동시대인에게만 유효하다. 고전 작품은 시대마다 새롭게 번역되어야 한다고들 하는 이유는 사람들의 언어 습관이나 당대의 상황, 심지어 표준어규정과 외래어표기법마저 끊임없이 변하기 때문이다. 그러므로 '시대를 뛰어 넘는 소설'은 있어도 '시대를 뛰어 넘는(=견디는) 번역'은 웬만해서는 존재하기 힘들다. 가령 1989년에 번역 출간된 『상실의 시대』에서는 나오코(여성)가 동갑인 와타나베(남성)에게 존댓말을 하는 것으로 번역되어 있다. 1993년에 번역 출간된 『국경의 남쪽, 태양의 서쪽』에서도 사정은 마찬가지다(원서는 둘 다 반말).*

만약 오늘날의 번역에서 역자가 임의로 여성의 말만 존댓말로 바꾼다면, 일본어를 아는 사람이건 모르는 사람이건 틀림없이 뭔가 이상하다고 느낄 것이다. 시대가 변했기 때문이다. 그리고 바로 그 이유로, 과거를 살아보지 않은 현재의 우리가 전 시대의 번역을 지금의 기준으로만 비판하는 것은 불공평하다고도 생각한다.

이렇게 말하는 나도 번역어의 PC(Political Correctness) 문제에 대해 아무 생각이 없었던 시절에는, 가령 원서의 '그녀'나 '여배우' '여교수' 같은 단어를 특정 성(性)을 지칭하지 않는 중립적인 단어('그' '배우' '교수')로 바꿔야 할지 말지 등을 딱히 고민하지 않고 그냥 그대로 옮겼다. 지금은 그 책

* 두 책 다 최근 펴낸 개정판에는 반말로 수정되어 있다.

의 성격과 맥락—문학인지 인문교양서인지, 그런 단어가 전체적으로 자주 나오는지, 그 단어를 바꿈으로써 내용이 변질되는지 등—을 고려하고 편집자와 의견도 교환하며 좀 더 다층적으로 생각해보게 되었다. 이것은 나 개인이 달라졌다기보다 시대가 바뀌고 있기 때문에 자연스럽게 생겨난 일이다. 번역은 정말로 시대를 탄다.

　한편 문체에 관해서라면 소설가만큼은 아니겠지만 번역가도 때로 비판을 받는다. 주로 "너무 번역체다"라는 지적이다. 내가 작업한 책은 몇십 만 부씩 팔리며 세간의 주목을 끈 적이 없고, 그래서인지(?) 아직까지는 면전에서나 인터넷 리뷰로 이런 비판을 받아본 기억이 없다. 그러나 내가 만약 그런 말을 듣는다면 '외국어를 번역한 글이니 그 문체는 당연히 번역체가 아닌가, 이 무슨 장금이가 홍시가 든 음식을 먹고 홍시 맛이 나서 홍시 같다고 했더니 정상궁이 깜짝 놀라는 상황인가' 싶을 것 같기도 하다(물론 번역기에 돌린 듯한 어색한 직역은 논외다). 그래서 이 말을 보다 번역가에게 납득이 가는 표현으로 바꾸어보자면 "번역서인 티가 많이 나서 읽기 거슬린다" 정도가 되지 않을까 한다. 하지만 내 직업을 변호한다는 오해를 살 수도 있다는 점을 무릅쓰고 얘기해보면 번역은 매끈한 게 능사가 아니다. 내용이 어렵고 난해한 단어가 많아서 원래 가독성이 낮은 원문을 지나치게 매끄럽게만 다듬으려고 하면 원문과 번역문의 낙차는 필연적으로 커질 수밖에 없다. 오역 아닌 오역은 그럴 때도 생긴다. 때로는 체하지 않도록 바가지에 띄운 버들잎을 후후 불어가며 우물물을 마시듯, 독자가 한 단어 한 단어 곱씹으며 여러 번 찬찬히 읽어야 비로소 진면목을 드러내는 문장도 있다. 그러므로 번역에서는 정확도가 아름다움보다 우선되어야 하며, 그것을 위해 때로 번역가는 거친 문장을 굳이 그대로 두는 선택을 하기도 한다. 하루키도 『장수 고양이의 비밀』*에서 처음부터 독특한 맛을 내려고 노린다면 번역자로서는 이류이며, 번역의 참된 묘미는 세세한 단어 하나하나까지 얼마나 원문에 충실하게 옮기는가에 있다고 말하지 않았는가.

아마 반대 의견을 가진 분들도 계시겠지만, 나는 또 소위 '번역체' 자체가 나쁘다고 생각하지 않는다. 하루키도 데뷔작 『바람의 노래를 들어라』가 아쿠타가와상 후보에 올랐을 때는 심사위원에게 "외

---

* 홍은주 옮김, 문학동네, 2019.

국 번역 소설을 지나치게 많이 읽고 쓴 듯한 버터 냄새 나는 작품"이라는 비판을 들었으나 지금은 그의 '번역체'가 하나의 스타일이 되었다. 무엇보다 작가 본인이 이 작품을 쓸 때 먼저 영어로 몇 페이지쯤 쓴 다음 일본어로 '번역'하며 문체를 획득해나갔다고 하니까. 원어로 쓴 소설에 대해 번역체가 인정된다면, 번역한 글에 대해서도 번역체가 인정되지 않을 이유는 없다. 물론 기계적인 직역은 문제가 되겠지만, 자신이 창제한 언어를 후손들이 이 스타일 저 스타일로 유연하게 시험하며 사용 폭을 넓혀나가는 모습을 본다면 세종대왕도 하늘에서 흐뭇해하시지 않을까?

마지막으로 짧게는 한두 달, 길게는 몇 달을 홀로 모니터의 여백과 싸워야 하는 번역은 고독한 작업이다. 편집자의 피드백도 번역이 일단 완료된 후에야 받을 수 있으니 작업 도중에는 그 작품에 대해 누군가와 대등한(=정보량이 같은) 입장으로 대화를 주고받을 수도 없다. 그러나 그런 고독도 (내 경우에는) 책이 나오고 사람들이 읽어주고 그에 대해 이런저런 이야기를 나눠주면 단번에 흔적 없이 사라진다. 뒤집어보면 이렇게도 말할 수 있다. 번역가의 체력 관리나 고독과의 싸움, 문체나 단어 선택에 관한 고심은 읽어주는 사람이 없다면 무(無)로 돌아갈 허무한 것들이라고. 무플보다 악플이 낫듯, 아무도 안 읽는 책보다는 누군가가 읽고 비판이라도 해주는 책이 낫다. 세상의 모든 책이 한 사람에게라도 더 읽히기를, 출판계라는 우주의 먼지 한 톨로서 나는 언제나 바라고 있다.

# 입구가 있으면 출구가 있다

— 『1973년의 핀볼』

입구가 있으면 출구가 있다. 그 여행에서 내내 떠올렸던 문장이다. 입구가, 있으면, 출구가, 있다.

　그 일본 여행은 모든 게 뜻대로 되지 않았다. 원래 계획은 여정 중 하루는 옛 아르바이트 동료들과 함께 우쓰노미야의 친구 집에서 자고, 이틀은 도쿄의 호텔에 혼자 묵고, 나흘째에는 한국에서 오는 G와 만나서 나머지 4박 5일을 함께 보내는 것이었다. 그런데 나는 사흘째 이른 아침에 한국으로 돌아가는 비행기에 올랐다. 그날 새벽 3시 20분에 반려묘 디가 죽었기 때문이다.

　사실 그 죽음에는 희미한 전조가 있었다. 디는 여행 일주일 전부터 걸음걸이가 비실비실했고 캣타워에도 단번에 뛰어오르지 못했다. 동물병원에 데려갔더니 신장이 아주 나빠져 있다고 했다. 열네 살 노묘였으니 크게 놀라운 일은 아니었지만 나름의 충격은 있었다. 그러나 당장은 어떻게 되지 않을 거라는 의사의 말과 내가 한국에 있어도 달라질 건 없다는 남편의 주장에 등 떠밀린 나는 기어이 일본행 비행기에 오르고 말았다. 아니, 실은 내가 가고 싶어서 그런 말들에 등 떠밀린 척했다. 나뿐만 아니라 여러 친구들의 일정과 비용이 걸린 여행을 며칠 전에 캔슬할 배짱이 내게는 없었던 것이다. 그래서 내 마음

편하자고 당장이라도 디가 죽을 수 있다는 가능성을 무시한 채 의사를 전폭적으로 신뢰하는 척했다. 나쁜 반려인이다.

디는 형제 고양이 조르바와 함께 여섯 살이 되던 해에 우리 집에 왔다. 원래 기르던 사람은 천식이 심해져 털이 심하게 날리는 장모종 고양이를 키울 수 없게 되었고, 그 사정을 다음 고양이 카페에서 본 내가 둘을 입양했다. 사회 초년생이 되자마자 오랜 소망이었던 반려묘 입양을 드디어 실행에 옮긴 것이다. 처음 일주일 동안은 둘 다 내가 방에 있으면 침대 밑에 틀어박혀 나오지 않았다. 출근 전에 채워둔 밥과 물이 퇴근해서 보면 착실하게 줄어들어 있었으니 내가 없는 동안에는 침대 밑에서 나와 방을 탐색하고 위장도 채웠을 것이다.

이윽고 새로운 환경에 익숙해지자 둘은 밤이면 밤마다 정글의 타잔처럼 내 작은 원룸을 활기차게 뛰어다녔다. 워낙 인간을 좋아해서 틈만 나면 귀찮을 정도로 배 위로 올라왔고 잘 때는 겨드랑이나 목과 어깨 사이로 파고들었다. 방바닥에는 고양이 화장실용 모래가 사막의 흙먼지처럼 나뒹굴었고 대기는 공기 반 털 반이었으며 그들이 스크래처 대용으로 긁어대던 벽지는 귀신의 집처럼 스산하게 너덜거

려서 이사 갈 때 도배 비용까지 물어줘야 했지만, 이 작은 생명체들을 온전히 내 힘만으로 부양한다는 것은 나에게 조촐한 전능감과 거대한 책임감을 안겨주었다. 내가 번 돈으로 고양이 둘을 충분히 부양할 수 있다(부양해야 한다), 사료와 간식을 사줄 수 있으며(사줘야 하며) 아플 때는 병원비도 감당할 수 있다(감당해야 한다), 라는.

개화동 원룸에서 서교동 원룸으로, 다시 홍제동의 18평 신혼집에서 안양의 21평 아파트로 내 상황의 변화에 따라 이사가 거듭되었지만 둘은 최초의 낯가림 이후로는 내가 한 공간에 있기만 하면 늘 문제없이 적응했다. 정해진 화장실에서 깔끔하게 용변을 처리했고 벽지 대신 새 소파를 너덜너덜하게 긁어놓음으로써 당당하게 영역을 표시했다. 건식 사료와 습식 간식을 편식 없이 잘 먹었고 때로 인간의 과일도 탐냈다.

그러나 한날한시에 태어난 두 고양이의 성격은 신기하게도 영 딴판이었다. 둘 다 수컷이었는데 조르바는 새침하고 고고한 귀족 아가씨, 디는 느긋하고 단순한 마당쇠 같았다. 가령 새로운 형태의 간식이 등장하면 의심 많고 영리한 조르바는 순진한 디를 기미상궁으로 써먹었다. 디가 먼저 맛을 보고 문제없다는 사실이 판명되면 그제야 조르바가 등판해서 디를 퍽 밀치고는 그날의 특식을 냠냠첩첩 즐기는 것이었다. 그래도 디는 원망하는 기색도 없이 큰 눈을 끔뻑거리며 온순하게 차례를 기다리다가 형제가 남긴 것을 먹었다.

또 틈만 나면 제 몸을 구석구석 그루밍하며 깔끔을 떠는 조르바와는 달리 디는 어쩌다 문득 생각났다는 듯 게으르게 배나 앞발만 핥았고, 그래서인지 등에 늘 비듬이 있었다. 고양이는 목욕시키지 않아도 깨끗하다는 속설은 디에 한해서는 낭설이었다. 나는 둘을 공평하게 사랑했지만 내 남편이나 지인들은 조르바의 영특함보다 디의 무구함을 훨씬 아꼈다. 여하튼 디에게는 사람의 마음을 애틋하게 만드는 무언가가 있었던 것이다.

둘 다 고양이에 익숙하지 않은 사람이라면 놀랄 만큼 몸집이 컸는데, 특히 디는 흰색, 갈색, 노란색, 검정색의 긴 털이 어우러져 있어서 흘끗 보면 레서판다나 너구리 같기도 했다. 실제로 우리 집에 놀러온 친구가 돌아앉아 닭 가슴살을 먹는 디의 뒷모습을 보고 "저게… 뭐야?"라고 공포에 질려 물은 적도 있다.

디가 살아 있을 때 나는 디의 특이한 용모가 자

랑스러웠다. 그러나 디가 떠난 지금은 그 생김새가 좀 더 평범했다면 좋았을 것이라는 생각이 든다. 디와 닮은 고양이조차 드물기에, 나는 다른 고양이들에게서 디의 모습을 한 조각도 찾을 수 없다. 거리에서 길고양이를 볼 때마다 나는 디의 부재를 매번 새롭게 깨달아야 했다. 디가 떠난 해에는 디와 비슷하게 생긴 고양이조차 눈에 띄지 않는다는 사실이 어지간히 견디기 힘들었다. 이제는 어지간히 괜찮아졌지만.

나는 회사를 그만두고 전업 번역가가 된 뒤로는 그날 작업할 분량을 거실 소파에 드러누워 읽고는 했는데, 그럴 때면 조르바와 디가 소파 등받이 위에서 고개만 쑥 내밀어 나를 내려다봤다. 그들의 눈에는 내가 대낮에 참치 캔을 사냥하러 나가지도 않는 무능한 반려인으로 비쳤겠지만, 나는 동그란 얼굴 두 개가 꼬투리 속 강낭콩처럼 쪼르륵 붙어 있는 그 모습을 구경하는 게 좋았다. 제 발바닥을 정성껏 핥거나 턱을 앞발에 괴고 꾸벅꾸벅 조는 그들을 누워서 보고 있으면 몽글몽글한 행복으로 마음이 간지러웠다.

디의 상태가 위급해져서 동네 병원에서 큰 병원으로 옮긴다는 소식을 들은 것은 여행 둘째 날 아침이었다. 나는 일본 친구들과 딸기밭에서 딸기를 따다가 그 소식을 들었다. 급히 짐을 정리해서 도쿄로 가는 신칸센을 탔고, 열차 안에서 넥카라를 쓰고 링거를 맞는 디의 모습을 영상통화로 봤다. 가만히 있을 수 없어서 하네다 공항으로 가봤지만 당장은 비행기 표도 없었고, 며칠간 불안에 시달리며 잠을 못 자서 컨디션도 엉망이었다. 일단은 예약해둔 호텔로 돌아와 양껏 울었다. 몇 년 만에 만난 친구들 앞에서는 소리 내어 울 수 없었으니까. 그런 다음 편의점에서 삼각김밥과 즉석 된장국을 사서 꾸역꾸역 먹으며 다음 날 아침 비행기 표를 알아봤다. 내 인생에서 몸과 마음이 동시에 가장 힘들었던 밤이었지만 어떻게든 먹고 자서 한국으로 돌아갈 기운을 내보려 했다. 그리고 새벽 3시 20분, 남편으로부터 디의 죽음을 알리는 전화를 받았다. 일본에서 처리할 일이 남아 있었던 나는 일단 모든 짐을 호텔에 맡겨두고 몸만 한국으로 돌아왔다.

집에 도착해보니 디는 자신의 털 색깔과 비슷한 갈색 박스에 담겨, 생전에 좋아했던 쿠션 위에서 얌전히 눈을 감고 있었다. 병원에서 씻겨줬는지 향긋한 샴푸 냄새가 풍겼고 털은 전에 없이 부드러웠다. 비듬도 없었다. 조르바는 인간들의 대성통곡에

겁에 질린 나머지 밥솥 뒤에 숨어서 나오려 하지 않았다. 그러나 의사는 작별 인사를 나누지 않으면 조르바가 집에서 계속 디를 찾을 거라고 했단다. 남편과 나는 반려동물 장례식장으로 떠나기 전에 조르바를 억지로 끌고 나와야 했다. 조르바는 차갑게 식은 형제를 쳐다보려고도, 냄새를 맡으려고도 하지 않고 날카롭게 울었다.

일산의 장례식장에는 우리처럼 그날 반려동물을 떠나보낸 이들이 와 있었다. 수건으로 소중히 감싼 하얀 몰티즈의 가족이었다. 그들 중 두셋이 웃으며 대화를 나누는 모습을 보고 어떻게 웃을 수 있을까 생각했다. 나는 디가 든 박스를 무릎에 올리고 하염없이 털을 쓰다듬었다. 귀와 얼굴과 꼬리와 발을 만졌다. 디는 아직 말랑말랑했고 믿을 수 없이 예뻐서 그대로 영원히 쓰다듬을 수 있을 것 같았고, 또 그렇게 하고 싶기도 했다. 그러나 곧 앞발의 까만 발바닥 사이로 축축한 액체가 배어 나오기 시작해서 나는 디의 죽음을 여지없이 받아들여야 했다.

앉아 있는 내 등 뒤로는 어떤 시가 쓰인 액자가 걸려 있었다. "엄마, 아빠, 걱정하지 마세요. 나는 천 개의 바람이 되어 늘 곁에 있을 거예요"라는 연으로 끝나는 시였다. 그런데 느닷없이 남편이 그 시를 낭송하기 시작해서 나는 하마터면 울다가 피식할 뻔했다. 제가 해보니까 웃는 게 되네요. 몰티즈 가족분들, 죄송합니다.

디는 제 몸에 딱 맞는 작은 관에 코스모스 한 송이와 함께 들어가 화장되었다. 꽃을 얌전히 안고 있는 모습 역시 사무치게 예뻤지만 차마 사진으로는 남기지 못했다. 몇 시간 뒤 디는 하늘색 메모리얼 스톤이 되어 내 손바닥 위에 올려졌다.

그날 밤 나는 자다가 발작처럼 벌떡 일어나 눈물을 또 쏟았는데, 덩달아 잠이 깬 남편이 내 등을 쓰다듬으며 본인이 방금 꾼 꿈 이야기를 해줬다. 디가 하늘나라에서 사과 농사를 짓고 있더라, 밀짚모자를 쓰고 땀을 뻘뻘 흘리며 일했는데 재배 방식이 너무 유기농이어서(?) 상품 생김새가 좋지 않더라, 찌그러지고 멍든 그 사과들을 팔기 위해 디는 열심히 호객 행위를 했지만 아무도 사주지 않더라, 내가 다 사줘야겠군 생각하던 차에 잠에서 깼다…. 그리고 연이어 이렇게 중얼거렸다. "엄마, 나는 천 개의 바람이 되어 늘 곁에 있을 거예요." 이번에는 정말로 울다가 웃어버렸다.

다음 날 아침 나는 다시 일본에 갔다. 짐을 모두 두고 온 탓에 가벼운 손가방 하나만 들고 비행기를 타는 기분이 이상했다. 호텔로 가서 캐리어를 찾은 뒤 신주쿠 역에서 G를 만나 한 달 전에 예매해둔 하코네행 특급 열차(로망스카)에 올랐다. 앞이 통유리인 전망석이어서 아름다운 경치가 눈앞으로 와르르 쏟아졌다. 감탄의 시간이 지나고 마음이 진정되자 G가 내게 엽서 한 장을 내밀었다. 우리 집 소파 등받이 위에 나란히 앉아 있는 조르바와 디를 그린 엽서였다. 나는 무릎에 얼굴을 묻은 채 조금 울었고, G는 아무 말 없이 나의 등을 가만히 두드려주었다.

하코네에 도착해 온천욕을 한 뒤 그야말로 기절한 듯 푹 잤다. 그렇게 깊게 잠든 것은 근 일주일 만에 처음이었다. 아침에 일어나니 G가 말했다. "이제야 얼굴이 좀 정상으로 돌아왔네. 어제 만났을 땐 좀 놀랐거든." 사려 깊은 G는 내 얼굴이 어디가 어떻게 이상했는지 구체적으로 묘사하지 않았지만 나는 그 이유를 대충 알 것 같았다. 일본에 오기 전 여행 때 마스카라를 발랐다 지웠다 할 게 귀찮아서 속눈썹 연장 시술을 받았는데, 무거운 속눈썹을 매단채 너무 울었던 탓에 쌍꺼풀이 전에 없이 짙어져서 괴상망측했을 것이다. 슬픈데 웃겼고 웃기다는 게 슬펐다. 디가 없는데 나는 친구와 밥을 먹으며 웃고 떠들고 있다. 디가 없는데 열차도 가고 비행기도 뜬다. 디가 없는데 아침과 저녁이 번갈아 찾아온다. 만남이 있으면 헤어짐이 있고 태어남이 있으면 죽음이 있는 것이 자연의 섭리라는 양, 입구가 있으면 출구가 있는 게 당연하다는 양, 디가 없는 세상이 전과 다름없이 태연하게 돌아가고 있었다.

　　입구가 있으면 출구가 있다. 대부분은 그런 식으로 되어 있다. 우체통, 진공청소기, 동물원, 양념통. 물론 그렇지 않은 것도 있다. 예를 들면 쥐덫.*

　　여행에서 돌아온 뒤로는 디의 부재로 인한 쓸쓸함보다 디가 없는데 세상이 멀쩡히 돌아간다는 사실에 적응하는 것이 조금 더 힘들었다. 많은 친구가 다정한 위로를 건넸고, 그중 몇몇은 정성 어린 편지와 선물을 보냈다. 나는 그것들이 도착할 때마다 미친 사람처럼 울다가 조금씩 천천히 괜찮아졌다.

　　『바람의 노래를 들어라』 식으로 말하자면 이것으로 디의 이야기는 끝나지만 물론 후일담이 있다. 디의 죽음으로 정신이 살짝 나가 있었던 내가, 다시는 반려동물을 새로 들이지 않으리라 결심했음에도

---

* 『1973년의 핀볼』, 윤성원 옮김, 문학사상, 2007, 20쪽.

불구하고 연희동 길냥이 출신의 노바(풀네임 카사노바)를 가족으로 맞이한 것이다. 아메리칸 숏헤어와 뱅갈의 믹스종으로 추정되는 노바(또 수컷!)는 연희동에서 자신을 꼭 닮은 새끼 다섯 마리와 함께 돌아다니며 동네 주민들에게 밥을 얻어먹던 고양이였다. 수컷이 살뜰히 새끼를 보살피는 모습을 신기하게 여긴 주민들이 밥과 물을 듬뿍 챙겨줬던 모양이다. 그런데 어느 날 턱에 큰 상처를 입어 피를 철철 흘리는 모습으로 발견되었고, 어떤 분이 구조해서 치료한 뒤 다시 거리로 내보내려 했지만 노바는 그 집에 틀어 앉아 나가지 않으려 했다. 한데 그 집에는 임시 보호 중인 또 다른 유기묘 둘이 더 있었다. 이 둘은 합심해서 노바를 집요하게 괴롭혔고, 노바는 눈칫밥을 먹으며 비쩍 말라가고 있었다(그런데도 안 나갔던 것은 길거리 생활보다 눈칫밥이라도 먹는 생활이 더 편해서였을까?). 그 사정을 들은 나는 우리 집에서 보호하며 좋은 주인을 찾아주려는 생각으로 노바를 데려왔고, 어쩌다 보니 정이 들어서 눌러 앉히고 말았다. 노바의 자식들도 다행히 입양을 갔다고 나중에 전해 들었다. 조르바는 디의 죽음 이후 한동안 의기소침하게 구석만 찾아다녔고, 노바를 처음 데려왔을 때는 멀리서 노바의 줄무늬 꼬리만 봐도 게거품을 부글부글 내뿜으며 질색팔색했지만 지난한 합사 과정을 거쳐 이제는 둘이 몸을 꼭 붙이고 의좋게 낮잠 잘 정도가 되었다.

그나저나 우리 집 현관문이 무슨 친인간화 필터라도 되는지 집에 들이는 고양이마다 족족 개냥이로 변하는데, 조르바와 노바 역시 더워죽겠는 여름날 인간의 목에 칭칭 감겨서 털목도리가 되거나 인간의 배 위를 서로 차지하려고 싸우거나 모니터 앞을 하루에 백번씩 왕복하며 꼬리로 인간의 얼굴을 퍽퍽 치거나 스토커처럼 화장실까지 기를 쓰고 쫓아온다. 덤으로 인간이 책상을 잠시 비우면 작업하던 파일에 "ㅑㅑㅑㅑㅑㅑ"나 "ㅡㅡㅡㅡㅡㅡㅡㅡ"를 장장 열한 페이지씩 쳐놓아 간담을 서늘하게 만든다. 어떤 날은 "ㅋㅋㅋㅋ"를 몇 페이지나 쳐놓아서 내 번역이 그렇게 웃겼나 고민하게 만들기도 했다. 정말이지 냥아치가 따로 없다. 그러나 이 또한 언젠가는 되돌아가고픈 순간이 되리라는 것을 알기에, 인간은 최대한 귀찮음을 참으며 목이든 배든 얼굴이든 달라는 대로 그들에게 내준다.

디가 떠난 날이 2월 29일이라서 남편과 나는 매년 2월 28일이면 참치 캔을 앞에 두고 초코파이에 초를 꽂는다. 너울거리는 촛불 아래에서 디의 사진으로만 만든 앨범을 넘기며 디를 추억한 뒤 참치 캔은 조르바와 노바에게 주고 초코파이는 나와 남편이 나눠 먹는다.

우리가 공유하고 있는 건 아주 오래전에 죽어버린 시간의 단편에 지나지 않았다. 그래도 얼마 안 되는 그 따스한 추억은 낡은 빛처럼 내 마음속을 지금도 여전히 방황하고 있다. 그리고 죽음이 나를 사로잡아서 다시금 무의 도가니에 던져 넣을 때까지의 짧은 한때를 나는 그 빛과 함께 걸어갈 것이다.*

* 같은 책, 198쪽.

난 이런 글이라면 얼마든지 쓸 수 있거든
— 『무라카미 라디오』1, 2, 3

얼마 전 하루키의 수필집 『장수 고양이의 비밀』을 공공장소에서 읽다가 어느 대목에서 나도 모르게 소리를 내어 웃고 말았다. '오이처럼 서늘한 얼굴'이라는 비유가 나왔기 때문이다. 대체 무슨 표정을 지으면 오이처럼 서늘한 얼굴이 되는 걸까. 오이를 닮아서 별명도 큐컴버배치인 영국 배우 베네딕트 컴버배치가 한껏 서늘한 표정으로 오이를 와작와작 씹어 먹는 장면을 상상해버렸다.

하루키의 작품에는 이렇게 재기 넘치는 비유가 자주 나와서 대체 평소에 무슨 생각을 하면 이런 표현을 건져낼 수 있나 싶을 때가 있다. 대부분 아시겠지만 『상실의 시대』의 그 유명한 '봄날의 새끼 곰' 구절을 여기서도 한 번 인용해보겠다.

와타나베: 봄날의 들판을 네가 혼자 거닐고 있으면 말이지, 저쪽에서 벨벳처럼 털이 부드럽고 눈이 또랑또랑한 귀여운 아기 곰이 다가오는 거야. 그리고 네게 이러는 거야. '안녕하세요, 아가씨. 나와 함께 뒹굴기 놀이 안 할래요?' 하고. 그래서 너와 아기 곰은 서로 부둥켜안고 클로버가 무성한 언덕을 데굴데굴 구르면서 온종일 노는 거야. 어때, 멋지지?

미도리: 아주 멋져.

와타나베: 그만큼 네가 좋아.*

"네가 좋아"라는 두 마디를 이렇게 정성껏 늘여서 해주는 사람, 혹시 이번 생에 만난 적 있으신지. 만약 있다면 그 사람을 잘 보호해주시기 바란다. 분명 반달가슴곰이나 장수하늘소 같은 멸종 위기종일 테니까. 실제로 새끼 곰 사랑 고백이 이성에게 먹히느냐 마느냐는 둘째 치고, 누가 이런 신선한 표현으로 좋아한다고 말해준다면 그 성의에는 틀림없이 감복할 것 같다.

내친김에 이런 비유를 더 찾아보고 싶어서 『무라카미 라디오』 1, 2, 3**을 뒤졌다. 이 시리즈는 하루키가 『anan』이라는 잡지에 다년간 연재한 글을 엮은 것인데, "특별히 머리 쓰지 않고 비교적 술술 쓴 글"이라는 작가의 말대로 독자도 가벼운 마음으로 즐겁게 읽어나갈 수 있는 책이다(어느 페이지를 펼쳐봐도 재미있으니 하루키 입문·입덕용으로 제격!). 그 재미의 일부를 다음의 인용문에서 확인해보자.

* 유유정 옮김, 문학사상, 2000, 331쪽.

** 한국에서는 각각 『저녁 무렵에 면도하기』『채소의 기분, 바다표범의 키스』『샐러드를 좋아하는 사자』로 출간되었다.

- (크로켓을 잔뜩 만들어서 거대한 업소용 냉장고에 얼려뒀는데 갑자기 냉장고가 고장 난 상황에서)

"왕창 냉동해두었던 '크로켓'은 서서히 녹아, 죽어가는 오필리아처럼 치명적인 모습으로 변해갔다."[*]

셰익스피어는 자신이 탄생시킨 인물이 훗날 자연 해동되는 크로켓에 비유되리라고는 꿈에도 생각지 못했을 것이다. 아마도 하루키는 오필리아가 누운 자세로 강물에 반쯤 잠겨서 축축하게 젖어 있는 존 에버렛 밀레이의 유명한 그림 〈오필리아〉를 떠올리며 이 대목을 쓰지 않았을까? 고양이에게도 크로켓이라는 이름을 붙일 정도로 크로켓광인 하루키가 얼마나 낙담했을지 상상이 간다. 참고로 흐물흐물해져가는 대량의 크로켓은 모조리 튀겨서 이틀에 걸쳐 죽도록 먹었다는데, 이 묘하게 성실한 구석이 하루키답다고나 할까.

- (아직 독일이 동서로 분열되어 있던 시절, 동독을 지나가는 기차의 클래식한 식당 칸에서)

[*] 『저녁 무렵에 면도하기』, 권남희 옮김, 비채, 2013, 114쪽.

"하얀 제복을 입은 고참 웨이터가 오더니 주머니에서 몽당연필을 꺼내 합병증 증세라도 묻는 듯한 표정으로 고개를 끄덕이며 신중하게 주문을 받았다."*

중년의 웨이터가 닳고 닳은 연필을 품에서 꺼내어 더없이 심각하게 주문을 받는 광경이 머릿속에 그려진다. 그렇게 진지하게 주문을 받아갔건만 나온 음식이 심하게 맛없어서, 하루키는 동독이라는 나라도 오래가진 않겠구나 생각했다고 한다. 이 에피소드의 마지막에 하루키는 언젠가 굵은 손가락을 알코올에 담아 휴대하고 다니는 여자가 기차의 식당 칸에서 어떤 남자를 만나 기묘한 이야기를 하는 단편을 쓰고 싶다고 덧붙였는데, 십수 년이 지난 뒤『색채가 없는 다자키 쓰쿠루와 그가 순례를 떠난 해』**의 한 대목에서 그것을 기어코 실현한다! 이 묘하게 집요한 구석이 또 하루키답다고나 할까.

- (오슬로에서 구입한 바다표범 오일 영양제의 비린내를 묘사하며)

* 같은 책, 172~173쪽.
** 양억관 옮김, 민음사, 2013.

"'아침에 눈을 뜨면 내 위로 커다란 바다표범 한 마리가 올라와서 어떻게 해서든지 밀어제쳐 억지로 입을 벌리고 뜨뜻미지근한 입김과 함께 축축한 혀를 입안으로 쑥 밀어넣은' 것처럼 비렸다."*

　현지 가게 주인이 이 영양제는 캡슐보다 생기름 타입이 효과는 있으나 냄새가 심하다고 경고했다고 한다. 그럼에도 불구하고 하루키는 괜스레 오기가 생겨서 생기름 타입을 사 왔다. 그 비린내는 위의 묘사대로 엄청났지만, 지기 싫어하는 성격 탓에 '젠장' 하면서도 날마다 한 숟가락씩 그 오일을 먹었다고. 바다표범 오일 영양제란 우리가 흔히 알고 있는 오메가3인 듯하다. 우리 집의 조르바 어르신(17세)도 생기름 타입의 오메가3 영양제를 매일 먹는데, 과연 그 비린내란 가다랑어 캔도 태연하게 먹어치우는 고양이조차 참기 힘든지 먹을 때마다 헛구역질을 한다. 고양이도 비려하는 것을 꾸역꾸역 먹어치우는 묘한 절약가 정신과 오기가 또 하루키답다고나… 그만할게요. 죄송합니다.

　*『채소의 기분, 바다표범의 키스』, 권남희 옮김, 비채, 2012, 153~154쪽.

앞의 예시 외에도 재미있는 표현이 많아 짧게나마 옮겨본다.

• (연재 글감이 떠오르는 것은 잠들기 직전일 때가 많다며)
"졸리지 않은 밤은 내게 샐러드를 좋아하는 사자만큼이나 드물다."*

• (아내가 화를 낼 때면 얌전히 샌드백이 되는 수밖에 없다며)
"현명한 뱃사공처럼 그저 목을 움츠리고 뭔가 다른 생각을 하며 무지막지한 태풍이 지나가기를 기다린다."**

• (고소공포증이 있음에도 멕시코의 피라미드에 올라갔다 내려올 때)
"몸 상태가 안 좋은 스파이더맨 같은 꼴로 바위에 매달리듯이 하여 천천히 지상으로 내려왔다."***

* 『샐러드를 좋아하는 사자』, 권남희 옮김, 비채, 2013, 12쪽.
** 같은 책, 19쪽.
*** 같은 책, 178쪽.

• (어째서인지 답장 쓰기를 잘 미룬다는 이야기를 하며)

"나쁜 뜻은 없는데 왠지 답장을 못 쓰겠더군요. 난 데없는 뒷산 원숭이 같은 놈이라 여기고 이해해주십시오. 다음에 도토리를 모아서 갖고 오겠습니다."[*]

• ('당장 초콜릿을 먹고 싶다'는 강렬한 욕망에 휩싸여 근처 편의점으로 달려가 아몬드 초콜릿을 산 뒤)

"길을 걸으며 안타까운 손놀림으로 봉지를 뜯어 마치 폭풍우 몰아치는 밤의 굶주린 악귀처럼 우적우적 한 통을 다 먹어버린다."[**]

모아놓고 보니 하루키가 마치 안자이 미즈마루가 그린 캐릭터 같은 얼굴로 머리를 긁적이며 "저기, 자랑은 아니지만 내 머릿속 서랍에는 이런 게 잔뜩 있어서 말이야, 난 이런 글이라면 얼마든지 쓸 수 있거든" 하는 것 같다. (내 상상이지만) 귀여우시기도 하지. 그런데 이 글을 쓰기 위해 자료를 찾던 도중

[*] 『채소의 기분, 바다표범의 키스』, 권남희 옮김, 비채, 2012, 73~74쪽.
[**] 같은 책, 82~83쪽.

'오이처럼 서늘한(침착한)'이 실은 영어 숙어 'cool as a cucumber'를 그대로 옮긴 말이라는 것을 알게 되었다. 하루키 오리지널 표현이 아니었다니, 덕후로서 못내 아쉽지만 오이처럼 침착한 마음으로 받아들이겠다. 오늘 저녁은 오이냉국이 좋겠군.

# 소울 브라더, 소울 시스터

— 『밸런타인데이의 무말랭이』

초등학교 2학년 때 내게는 '베프'가 있었다. 나의 짝 꿍이었던 H. 예쁘고 성격 좋은데 건물주의 딸이라 부유하기까지 했던 그 애는 반 친구들에게 선망의 대상이었다. 허리까지 내려오는 긴 갈색 머리는 당시의 최신 유행인 나이아가라펌으로 구불구불 물결 치고 있었고 옷차림도 초등학생답지 않게 어른스러 웠다.

　　학교에서 온종일 말을 세 마디도 안(못) 할 정 도로 내성적이었던 나는 그런 화려한 애와 짝이 되 어 내심 긴장하고 있었다. 그런데 첫날 지우개를 가 져오지 않아 당황하던 나에게 H가 먼저 상냥하게 말 을 걸었다. 자기 지우개가 크니까 잘라 주겠다는 것 이었다. 그 사려 깊음에 나는 감격했고 긴장감은 단 박에 호감으로 바뀌었다. 며칠 뒤 정신을 차려 보니 나는 H의 베프로서 반의 '핵인싸'가 되어 있었다. H와 함께 놀고 있으면 다른 친구들이 우리 주위로 몰려들었다. 내성적이던 내 성격도 덕분에 차츰 활 달해졌다. 우리는 날마다 서로의 집을 오가며 놀았 고 가끔은 한집에서 나란히 자기도 했다. 그 시절 내 가 무엇을 좋아했는지는 기억나지 않지만 H가 김희 선과 강아지를 좋아했던 것만큼은 또렷하게 기억한 다. 자신의 책상 서랍 마지막 칸에서 두꺼운 강아지

엽서집을 꺼내어 이건 포메라니안, 이건 요크셔테리어 하며 강아지들의 종과 특성을 조곤조곤 가르쳐줄 때 H의 목소리는 열기를 띠었다. 나는 새로운 지식을 얻은 것보다 H가 나에게 무언가를 정성껏 알려주고 있다는 데 더 큰 기쁨을 느꼈다.

어리고 순진했던 나는 영원한 우정을 믿었지만 학년이 올라가고 반이 바뀌고 각자 다른 중학교와 고등학교로 진학하며 우리 사이는 차츰 멀어졌다. 나는 중고등학생이 된 뒤로도 몇 번이나 H의 집에 전화를 걸어 근황을 묻기도 하고 만날 약속을 잡으려고도 했다. 그러나 이미 공통의 화젯거리가 없어진 우리의 통화는 갈수록 말보다 침묵의 비중이 높아졌다. 그럼에도 내 마음속 베프의 자리는 여전히 H의 차지였다. 내가 노력하면 둘이서 손을 잡고 오후의 운동장을 가로지르던 유년기로 되돌아갈 수 있다고 믿기라도 했던 양. 어린 시절의 나는 타인에 대해 어떻게 그런 맹목적인 믿음을 가질 수 있었을까. 어른이 된 지금의 나는 이제 나 자신조차도 그렇게 믿을 수 없는데.

〈공동경비구역 JSA〉를 같이 보러 가기로 한 어느 날, H는 일방적으로 약속을 깼다. 제대로 된 사과도 없었다. 그날 이후 나는 두 번 다시 H에게 연락하지 않았다. 우리의 근사했던 우정이 완전히 끝나버렸음을 인정하지 않을 수 없었다. 나는 베프라는 단어를 싫어하게 되었다. H와 베프가 된 이후 나는 그애 말고는 다른 누구도 베프라고 생각해본 적이 없었다. 그런 배타적인 관계는 H와 나만의 것이었으므로 다른 친구가 나를 베프라고 칭하면 그 자체로 죄책감과 구속감이 들어서 숨이 막혔다('베스트'라는 최상급이 들어 있는 이상 '베프'는 단 한 명이어야 한다는 이상한 강박관념이 있었다). H와의 우정이 끝난 뒤로는 누군가와 1 대 1의 친밀한 관계를 맺는 것 자체가 몹시 거추장스럽게 느껴졌다. 고등학생씩이나 되어서 베프, 베프 하는 것도 유치했고, 특정 인물과 한 쌍으로 묶임으로써 다른 친구들을 배제하고 등급을 나누는 듯한 꼴이 되는 것도 꺼림칙했으며, 무엇보다 그 관계가 끝나면 나 또는 상대가 필연적으로 입게 될 정서적 타격이 두려웠다.

나는 조심성 많은 초식동물처럼 누구와도 단짝이 되지 않으려고 애썼다. 네다섯 명으로 이루어진 그룹 안에서 모두와 적당히 가깝고 적당히 멀게 지내는 것이 내가 바라는 이상적인 교우 관계였다. 소풍이나 수학여행 때는 버스에서 연달아 같은 친구의 옆자리에 앉지 않기 위해 주의를 기울였고, 한 친구와의 관계가 지나치게 깊어질 조짐이 보이면 슬며시 발을 뺐다. 적어놓고 보니 뭐 이런 성격 파탄자가 다 있나 싶지만 그때의 내게는 본능적인 자기방어였다.

대학생이 된 뒤로는 베프니 단짝이니 하는 단어가 기억 저편으로 사라졌다. 공강 시간이 맞는 아무나와 어울렸고 혼밥도 예사로 먹었다. 중고등학교에서는 친구 사이에 비밀이 거의 허용되지 않지만 대학은 서로에게 비밀이 없는 게 오히려 이상한 곳이었다. 그런 느슨한 관계가 주는 자유로움을 만끽하던 어느 날, 싸이월드를 하다가 실수로 '랜덤 미니홈피 가기' 버튼을 눌렀다. 내가 1촌(맞팔)을 맺은 사람이 아닌 다른 누군가의 미니홈피를 랜덤으로 방문하게 되는 버튼이었다. 대체 누구일까. 호기심에 그 사람의 게시판으로 들어가봤더니 당시 내가 듣던 '언어와 시각 커뮤니케이션'이라는 교양 과목에 대한 글이 적혀 있었다. 엄청난 우연으로 같은 학교 학생의 미니홈피에 들어간 것이었다. 사진첩을 봤더니 누구인지 알 듯했다. 나의 룸메이트가 예쁘다는 이유로 친해지고 싶어 하던 같은 문과대 학생, K였다. 지금 같으면 룸메에게 "남의 얼평(얼굴 평가)은 넣어두렴" 하고 점잖게 말했겠지만(과연?) 그때의 나는 내심 그 얼평 자체를 불편하게 느끼면서도 적당히 맞장구치고 넘어갔던 것 같다. 그런데 내가 K의 미니홈피에 들어가게 되다니.

나는 K의 방명록에 글을 남겨봤다. "여차저차해서 여기로 들어오게 됐는데 저랑 같은 수업 들으시네요." K는 차갑고 도도해 보이는 인상과는 반대로 깜짝 놀랄 만큼 사근사근한 댓글을 달아줬다. 대충 우리의 엄청난 우연이 놀랍고 반갑다는 내용이었던 것 같다. 이후 우리는 서로의 미니홈피 방명록을 통해 드문드문 안부를 주고받게 되었다. 나는 K가 사진을 무척 잘 찍는다는 것, 글도 아주 잘 쓴다는 것, 책도 많이 읽고 음악도 많이 듣는다는 것을 알게 되었다. 그런 이유로 누군가와 친해지고 싶어 하는 마음은 얼굴이 예쁘다는 이유로 친해지고 싶어 하는 마음과 뭐가 얼마나 다를까? 스물한 살의 내 결론은 둘 다 좀 속물스럽다는 것이었고, 그런 거라면 딱 질색이었던 그때의 나는 K를 학교에서 몇 번이나 목격했지만 결코 불러 세워 말을 걸지는 않았다.

그렇게 2, 3년이 흘렀고 우리는 어쩌다 보니 같은 시기에 일본에 가 있게 되었다. 이제 우리는 일본어로 문자를 주고받기 시작했다. 예쁘고 멋진 것을 보면 서로에게 사진과 동영상을 찍어 보냈다. 서로가 서로의 일상으로 들어온 듯한 느낌이었다. 나는 한국에서보다 K를 더 자주 생각했다. 그렇지만 이제 슬슬 현실 세계에서 만나보자는 이야기를 먼저 꺼낸 사람은 K였다.

우리는 우에노에서 처음 만났다. 그 근처 미술관에서 달리 전시회가 열려 같이 보기로 했는데 막상 갔더니 줄이 너무 길어 술집으로 직행했다. 실제로 만난 K는 생각보다 키가 컸고, 생각보다 목소리가 하이 톤이었으며, 생각만큼 과묵하지는 않았다. 그래서 생각보다 더 좋았다. 가난한 유학생 둘이서 가격도 보지 않고 호기롭게 술을 마구 시켜 먹었다. 간만에 한국어로 양껏 떠들며 크게 웃은 밤이었다. 그날 귀갓길은 둘 다 음주 자전거였다.

일본에서 우리는 매우 빈번하게 연락을 주고받았지만 나는 내심 이런 관계가 오래가지 못할 것이라고 생각했다. 귀국해서 환경이 바뀌면 연락이 뜸해지고 그러다 자연스레 관계가 소멸될 것이라고 미래를 성급하게 속단했다. 만약 그렇다 해도 나는 그것을 쿨하게 받아들이고 싶었고, 그러기 위해서는 섣부른 체념도 어느 정도 필요하다고 생각했다. 그게 담백하고 어른스러운 교제법이라고 믿었다. 그런데 K는 교우 관계에 있어서 내가 아는 누구보다 성실했다. 먼저 한국으로 돌아간 K는 나에게 자주 손

편지를 보냈다. 내가 귀국한 뒤에는 늘 먼저 만나자고 연락을 했고 나보다 빨리 취직한 뒤로는 밥도 잘 사줬다. 아무 날도 아닌데 책과 화장품 같은 걸 안겨줬다. 그러면서 말했다. 난 여자 친구들한테는 참 잘해. 이거 절반만 남자 친구한테 하면 정말 좋을 텐데.

　　나는 누군가에게 먼저 손을 내미는 것에 익숙하지 못한 인간이었다. 남이 나한테 끈적하게 굴어주는 건 대체로 좋았지만 내가 그러기는 싫었다. 자존심 따위의 문제가 아니라 어린 시절 끈적하게 굴었다가 거부당한 경험이 있기 때문이다. 거부당할 것이 무서워서 아예 시도를 하지 않는 사이에 나는 언제부터인가 먼저 연락하지 않는 사람이 되어 있었다. 하루키는 『바람의 노래를 들어라』에서 "1년 내내 서리제거제를 넣어주어야 하는 구식 냉장고를 쿨하다고 부를 수 있다면, 나 또한 그렇다"*라고 썼는데, 연중 노력해야만 담백함을 유지할 수 있는 인간을 담백하다고 할 수 있다면 당시의 나 역시 그랬을 것이다.

　　그런데 K와 나의 관계에서는 K가 좀 끈적하게 굴어줬던 것 같다. "우리 이제 만날 때가 되지 않

* 윤성원 옮김, 문학사상, 2006, 106쪽.

았니?" "네가 이사를 했다니 내가 한번 가봐야지." "네 부케는 당연히 내가 받아야지." 노크도 없이 휙휙 들어오는 K의 이런 말들에 나는 매번 움찔하면서도 속으로는 반가웠다. 어쩌면 무람없이 내게 그래주기를 바랐던 것일 수도 있다. 그래서 나 역시 어느 순간 담백함을 던져버리고 끈적하게 굴어보기 시작했다.

　　우리의 관계는 예상과는 달리 아주 오래 이어졌다. 졸업을 하고 취직을 하고 사표를 쓰고 재취업을 하고 연애하고 이별하고 다시 연애하고 결혼하는 서로의 인생사를 곁에서 모조리 지켜봤다. 고베와 와카야마를 둘이서 여행했고 이탈리아와 크로아티아는 남편들까지 함께 갔다. 심지어 둘 다 출판계에 몸담고 있어서 일에 관한 이야기도 거침없이 나눌 수 있다. 얼마 전 K가 남부 이탈리아의 장미나무 아래에 있는 자신의 남편과 내 사진을 인스타그램에 올리면서 "5년 전 이탈리아, 예뻤던 베프와 신랑"이라는 글귀를 달았다. 베프라니, 베프인가? 하긴, 이쯤 되면 베프가 아닌 게 이상하지. 아직도 베프라는 단어에 움찔하는 스스로가 좀 웃겼지만, 이 나이에 누가 나를 베프라고 칭해주니 과거의 구속감은 간 데 없고 마음이 좀 간질간질해지면서 기분이 좋아지고 말았다.

무라카미 하루키의 '베프'라 하면 하루키가 '소울 브라더'라고도 불렀던 안자이 미즈마루* 화백일 것이다. 미즈마루는 하루키와 콤비를 이루어 오랜 세월 그의 에세이에 삽화를 그렸다. 실제로는 미즈마루가 하루키보다 일곱 살 많았지만 두 사람은 대등한 친구로 허물없이 지냈다. 이 둘은 당연히도 초등학생 베프처럼 샴쌍둥이 같은 관계는 아니었다. 매일 연락해서 시시콜콜 모든 것을 공유하지 않아도 마음으로 이어져 있는 사이. (둘의 작업실이 있는) 아오야마 거리를 어슬렁거리다 우연히 마주치면 가볍게 "한잔하러 갈까?" 할 수 있는 사이. 딱 붙어 있지 않아서 오히려 바람이 솔솔 잘 통하는 사이. 실로 '베프'보다 '소울 브라더'라는 말이 더 잘 어울리는

* 본명은 와타나베 노보루. 하루키는 몇몇 단편(「패밀리 어페어」「쌍둥이와 침몰한 대륙」「태엽 감는 새와 화요일의 여자들」 등)에서 등장인물이나 고양이의 이름을 '와타나베 노보루'로 지었고, 『노르웨이의 숲』에서는 주인공 이름을 와타나베 도루, 『태엽 감는 새』에서는 악당 이름을 와타야 노보루로 변형하여 썼다. 미즈마루는 외국에 있다 잠시 귀국한 하루키가 술 마시러 가자고 전화한 날 뇌출혈로 쓰러져서 그다음 날인 2014년 3월 19일에 세상을 떠났다. 하루키의 슬픔이 얼마나 컸을지는 감히 짐작조차 할 수 없다.

사이다.

K와 나도 다른 생활 반경, 다른 직업, 다른 삶을 가진 타인인 이상 초등학생 베프들처럼 모든 사생활을 공유하기란 불가능하다. 어쩌면 K와 내가 서로에게 보여주는 것도, 그나마 남에게 내보일 수 있는 삶의 단편에 지나지 않을지도 모른다. 하지만 나는 우리 사이가 밀착되어 있지 않은 것이, 서로에게 크고 작은 비밀이 있는 것이 좋다. 딱 붙어 있기만 하면 서로의 표정을 잘 살필 수 없다. 적당한 거리에 있어야 팔을 뻗어 머리도 쓰다듬어주고 등도 토닥여줄 수 있다. 좀 더 어릴 때 이 사실을 깨달았다면 나는 어쩌면 H와도 괜찮은 관계를 유지할 수 있었을지 모른다. 그리고 그런 관계를 일컫는 말로는 역시 '베프'보다 '소울 시스터'가 제격이다.

여담이지만 하루키와 미즈마루의 일화 중 내가 가장 좋아하는 것은 '기차 식당 칸에서 비프커틀릿을 먹는 로멜 장군'의 삽화에 관한 이야기다.* 하루키는 어떤 삽화든 척척 그려내는 미즈마루가 한 번이라도 고심하는 모습을 보고 싶어서 '기차 식당 칸

* 『밸런타인데이의 무말랭이』, 김난주 옮김, 문학동네, 2012, 143~144쪽.

에서 비프커틀릿을 먹는 로멜 장군'이라는 주제로 글을 썼으나 미즈마루는 손쉽게 그려버렸다. 이에 하루키는 설령 '수염을 깎는 카를 마르크스를 따스한 눈길로 지켜보는 엥겔스' 같은 난도 높은 주제를 던져도 미즈마루에게는 누워서 떡 먹기일 거라며, 그렇다면 아예 단순한 주제로 골탕을 먹여보자 하고 두부에 관한 글을 세 편 연속 썼지만 미즈마루는 이 역시 아무렇지 않게 쓱쓱 그려버렸다.

하루키가 던지는 어떤 변화구도 척척 받아치는 미즈마루, 마치 내가 아무 말이나 던져도 기민하게 의중을 짚어내는 K 같군 생각하던 어느 날. 급히 동사무소에 갈 일이 있어서 허겁지겁 뛰어가다가 길 한복판에서 노브라로 나왔다는 사실을 깨달았다. 평소 노브라 여성들을 지지하기는 했지만 이렇게 얼떨결에 나도 실천하게 될 줄이야. 이 상황이 좀 웃겨서 K와 다른 절친들이 함께 있는 카톡 대화방에 "나 지금 노브라로 나왔네. 그냥 오이처럼 침착하게 이대로 갈까?" 하고 메시지를 보냈다. "ㅋㅋㅋㅋㅋ"로 점철된 말풍선들 끝에서 K가 말했다. "하루키적 모먼트네."

나의 소울 시스터에게는 부연 설명이 필요 없다.

# 작가에게 바라는 것
— 『양을 쫓는 모험』

하루키에 얽힌 나의 과거에 대해 생각하다 보니 내 또래 다른 사람들은 그의 글을 어떻게 처음 접했는지, 예전에는 어떤 느낌으로 읽었으며 현재는 어떤 감상을 가지고 있는지 궁금해졌다. 마침 나는 출판계 친구 셋과 독서 모임(을 빙자한 생일 파티 모임)을 하고 있어서 그들에게 이번에는 하루키의 책으로 이야기를 나눠보자고 제안했다.

그리하여 2019년 8월 25일, 사당역 근처의 한 카페에서 작가 구달, 편집자 윤정, 출판사 마케터 여진을 만나 『양을 쫓는 모험』*을 읽고 이야기를 나누었다.


### 하루키를 좋아한다고 말하면 나도 그런 사람이 된 것 같았어

**윤정** 난 지수가 왜 『양을 쫓는 모험』을 골랐는지 궁금했어.

**지수** 되게 사소하고 개인적인 이유인데, 내가 이미 『바람의 노래를 들어라』와 『1973년의 핀볼』로

---

* 신태영 옮김, 문학사상, 2009.

글을 썼거든. 그래서 기왕이면 쥐 3부작*을 다
다루고 싶었어.

**여진** 그럼 이게 3부작의 마지막이네? 앞의 책들은
어떤 내용인데?

**지수** 『바람의 노래를 들어라』는 주인공 '나'가 대학
교 여름방학 때 고향으로 돌아가서 친구 '쥐'와
보낸 나날에 대한 이야기고, 『1973년의 핀볼』
은 성인이 된 '나'가 자신이 언젠가 최고 스코
어를 기록했던 환상의 핀볼 머신을 찾아다니는
이야기랑 '쥐'의 연애담이 교차되어 나와.

**여진** 난 『양을 쫓는 모험』은 후반부가 더 재밌더라.
전반부는 '뭐래?'라는 느낌이었어. (웃음) 여하
튼 재미는 있었는데, 큰 세계를 그리려 했음에
도 이야기는 그에 비해 좀 작은 느낌이 들었어.

**구달** 난 책에 나오는 양사나이 일러스트가 되게 무
서웠어. (다른 판본을 비교해보며) 일러스트가
좀 다르네?**

**지수** 그 일러스트, 하루키가 직접 그린 거래.

---

* '쥐'가 등장하는 하루키의 초기작 『바람의 노래를 들어라』
『1973년의 핀볼』 『양을 쫓는 모험』을 묶어 통상 '쥐 3부작'이라
고 부른다.

** 구달은 열림원판, 나머지는 문학사상판을 가지고 있었다.

**윤정** 난 옛날 생각이 막 나더라. 하루키는 장편이 특히 그런데, 주인공 본인이 겪는 일인데도 스스로 주체적으로 시작한다기보다는 제3자가 "이런 모험이 있어" 하며 판을 깔아주고 끌어당기는 느낌이잖아. 거기서 오는 재미를 새삼 알겠더라고. 제목에 '모험'이 들어 있듯 실제로 모험담인 거지. 근데 모험담으로만 포장을 했으면 안 읽었을 것 같아. 하지만 주인공이 그 모험을 통해서 뭔가 발견하는 과정을 그려나간다는 식의 원시적인 구조, 신화나 『오디세이아』 같은 구조를 현대적으로 풀어나갔다는 게 새삼 대단하다는 생각이 들었어. 그래서 하루키가 인기 있는 것 같아. 모험담이나 여행담은 우리에게 익숙한 형식이고 읽기 쉬우니까. '추구의 플롯'이 가장 오래된 플롯이라고도 하잖아. 내용은 낯설지만 말이야. 성애에 대한 묘사나 양사나이 같은 존재가 굉장히 현실적인 흐름 속에서 갑자기 막 나오니깐. 생각해보면 하루키 장편은 늘 그랬던 것 같아. 주인공이 여행을 떠나고, 그 여정 중에 각성해서 다른 사람이 되는 식이지. 『1Q84』도 그렇고.

**지수** 듣고 보니 정말 『오디세이아』랑 비슷하네.

윤정 그렇지. 그리고 옛날에는 확실히 하루키의 취향이 좋았어. 읽으면 나도 고급문화를 향유하는 것 같았거든. 자기 취향을 가진 사람으로 보이고 싶은 마음이 나한테도 있었으니까. 재즈 같은 것도 막 나오고.

지수 이게 1980년대에 나온 소설이니까 당시 독자들에게는 굉장히 쇼킹한 내용이었겠지.

윤정 바에서 샌드위치 먹고 오믈렛 먹고.

여진 파스타도 먹고.

윤정 내가 십대 시절에 읽었을 땐 그런 면이 가장 강렬했지. 하루키를 좋아한다고 말하면 나도 그런 사람이 된 듯한 느낌을 줬고. 다시 읽으니까 그런 감상은 이미 사라졌지만 되게 멋졌구나 싶은 생각이 들었어. 지금은 그게 전혀 세련되지 않은 느낌이라 해도.

여진 성애 장면도 그냥 일상적인 루틴인 것처럼 쓰잖아. 마치 "오늘 밥을 먹었다"라고 말하는 양 왜 이렇게 쿨하게 썼는지. (웃음)

윤정 생각해보면 1982년에 나온 소설이잖아. '82년생 양쫓모'네? (웃음) 그게 진짜 신기한 거지. 어쨌거나 하루키는 운동권 시대의 작가인데, 그 시대에 이런 식의 묘사를 했다는 게 정말 센세

이셔널했을 것 같아. 밥 먹고 섹스하고 그런 내
용을 거리낌 없이 막 쓰고. 물론 나중에 나오
는, 양을 뒤집어쓴 사람들이 뭔가를 점령당하고
빼앗기는 얘기에서 하루키가 자신의 운동권 세
대로서의 의식을 녹여서 넣긴 넣잖아. 전면에
드러내지 않을 뿐이지.

**여진** 주니타키 마을의 이주 과정은 정말 재밌더라.

**지수** 주니타키는 가공의 마을이지만, 하루키 소설에
는 실제 사건이 종종 배경으로 들어가지. 노몬
한 사건*이나 고베 대지진이나. 그나저나 하루
키 장편을 보면 대체로 주인공이 삼십대 전문
직 남성이고, 그들이 실체를 모르는 악에 휘말
리면서 그 상황을 개인적으로 해결하려고 노력
하는 내용이 많잖아. 난 그 시작이 이 소설이었
구나 싶었어.

**윤정** 주인공이 강한 의지를 가지고 "내가 이걸 바꿨
고, 내가 이렇게 변했어!"라고 피력하지 않잖
아. 끝까지 거리를 두는 점이 읽는 사람을 편하
게 해줘. 멋져 보이는 느낌은 거기서 생기는 것

---

* 1939년 만주와 몽골의 국경지대인 노몬한에서 일어난 일본군
과 몽골·소련군 사이의 대규모 충돌 사건.

같아. 메시지를 주입하지 않으니까. 그래서 주인공 '나'는 좋거나 싫은 것도 없지. 이런 과정 끝에 이렇게 됐다, 하고 산뜻하게 끝내잖아. 익숙한 구조에 신선하고 세련돼 보이는 이야기, 산뜻한 거리감. 근데 다 떠나서 처음 읽었을 때는 확실히 취향에 매료되었던 것 같아.

**구달** 옷 묘사가 엄청 디테일하지.

**윤정** 당시 일본인들에게는 그게 되게 멋있게 보였을 것 같아. 전공투 세대적인 면이 있으면서도 멋있는 취향으로 포장해서 보여주니까.

**여진** 별장에서 밥도 엄청 잘 해 먹잖아. 별의별 요리를 다 해 먹어.

**윤정** 게다가 다 잘해. (웃음)


## 하루키도 변했고 우리도 변했지


**구달** 난 거의 20년 만에 다시 읽는 거였는데, 어떤 여자가 양에 관한 중요한 전화가 올 거라고 가르쳐줬다는 것밖에 기억이 안 나더라고. 이 책의 강한 흡입력은 그런 장르소설적인 특성에서 오는 것 같아. 그런데 지금 생각해보니 주인공이랑 감정적인 관계를 맺는 여자들이 속속 나오고 또 사라지면서 도구적으로 소비되는 게 좀 싫어져서 안 읽게 되었던 것 같네.

**윤정** 하루키도 변했고 우리도 변했지. 시대 보정을 안 하면 참을 수 없는 지점이 많아.

**지수** 맞아, '나'랑 쥐가 청년인데 서로를 '자네'라고 지칭하는 것도 지금 보면 좀 어색해.

**구달** 돌핀호텔에서 관찰하는 건너편 회사의 '가슴이 커다란 여사원'이 내가 가진 판본에는 '큰 유방을 가진 여직원'이라고 되어 있어. (일동 폭소)

**윤정** 하루키가 되게 교묘하긴 한 거지. 무성애적인 스탠스를 취하지만 섹스 이야기도 많이 하고, 그렇지만 섹스가 좋았다는 얘긴 또 안 하고. 그냥 했다고만 하지. 그나저나 『기사단장 죽이기』에서도 화자가 삼십대 중반이잖아. 하루키는 정말 늙은 화자는 안 쓰는 걸까? 젊은 화자에서 왜 못 벗어나는 걸까라는 생각도 해. 하루키는 일관되게 자기 세계를 안 벗어나는 것 같아.

**지수** 유부녀랑 섹스하고, 아내랑 이혼하고.

**윤정** 만날 수 있으면 물어보고 싶다.

**지수** 자기 세계의 변주를 계속하는 것 같아.

**윤정** 작가가 쓸 수 있는 건 한정되어 있으니 그것을 얼마나 넓게 퍼트리느냐, 혹은 깊게 파느냐의 문제인데 『1Q84』는 그걸 극단적으로 한 케이스지. 대작이고.

지수 「4월의 어느 맑은 아침에 100퍼센트의 여자를 만나는 것에 대하여」*라는 단편 기억 나? 하루키 초기작인데, 이 단편의 '서로에게 100퍼센트로 완벽한 남녀'라는 구도는 『국경의 남쪽, 태양의 서쪽』의 시마모토와 하지메의 관계에서 그대로 나타나지. 『해변의 카프카』에서는 사에키와 고무라, 『1Q84』에서는 아오마메와 덴고.

윤정 섹스 이야기를 아무리 써도 사랑에 대해서는 이상적인 관념을 가진 작가일 수도 있겠네.

구달 순애보야.

윤정 비현실적이고, 사랑을 믿는 사람이고. 그 점도 좀 이상하긴 해.

지수 생각해보면 하루키가 사회에 대해 염세적인 거지, 사랑에 대해 염세적이었던 적은 없는 것 같아.

여진 뭐야, 로맨티스트잖아. (웃음)

* 단편집 『4월의 어느 맑은 아침에 100퍼센트의 여자를 만나는 것에 대하여』(임홍빈 옮김, 문학사상, 2009)에 수록.

## 현실적이면서 평범한 사람,
## 비현실적이면서 평범한 사람

**여진** 양사나이는 누구이며 갑자기 어디서 나타났을까?

**윤정** 그냥 그림자 같은 관념 아닐까?

**여진** 알고 보면 주니타키 마을의 생존자 아냐?

**구달** 전쟁이 싫어서 도망 다녔다고 했지. 근데 지금 생각해보면 있을 법한 사람인 것 같아. 전쟁을 피해 어딘가에 틀어박혔는데 세상이 바뀐 걸 모르고 있는 사람. 해외 토픽 같은 데서 나오잖아.

**지수** 양은 처음에 양 박사한테 들어갔다가 왜 나온 거였지?

**여진** 양 박사는 단지 운반책에 불과했어.

**윤정** 쓸모없어져서 버린 거겠지.

**지수** 난 그게 좀 이상하게 느껴지기도 했던 게, 양이 마지막에 들어간 '쥐'도 그릇이 큰 인물은 결코 아닌데. (웃음) 양이 세계를 확장하려는 이 중요한 타이밍에 왜 그런 그릇 작은 인간한테 들어간 걸까? 또 양 박사가 양을 계속 찾고 있는 이유도 궁금해. 자기한테 양이 또 들어오기를 바라는 건 아닐 텐데.

**윤정** 양이 없는 자신을 사고할 수 없는 거 아닐까? 양은 뭐든 될 수 있을 텐데, 해설에서 말하는 것처럼 전공투 세대의 마인드라던가. 그런 사람들은 시대가 바뀌고 자본주의사회가 되었을 때 어정쩡한 입장에 놓이잖아.

**여진** 투쟁에 대한 열망을 시대의 흐름에 따라 잃게 되는 자신이 싫었던 게 아닐까.

**윤정** 어쨌거나 양은 자신이 세뇌당했던 대상인데 그게 빠져나가면 더 이상 내가 아닌 거지.

**여진** 우익 거물의 비서는 자기 안에 양이 들어오기를 바란 거 아냐?

**윤정** 그런 인물도 있을 수 있지. 양에게 위협을 느끼면서도 경외의 대상으로 삼는.

**구달** 『빌리 배트』*라는 만화가 있는데, 박쥐가 이 사람 저 사람 옮겨 다니면서 세상을 조종하는 내용이거든. 20권으로 완결됐는데 스케일이 진짜 방대해. 유다의 배신부터 해서 케네디 암살까지 나오고. (웃음) 근데 결과적으로는 여기서도 평

---

* 우라사와 나오키·나가사키 다카시 지음, 학산문화사, 2010~2017.

범한 사람들이 박쥐를 막아서고 역사의 방향을 바꾸려고 분투해.

윤정 이 책이랑 되게 비슷하네. 쥐도 평범했기 때문에 양을 자기 안에 가둔 채로 자살할 용기를 낼 수 있었던 거니까.

여진 등에 별이 있는 양은 왜 사진이 찍힌 거야? 실체로서의 양이 존재하지 않는 것 같은데.

구달 모험이 시작되려면 뭔가가 필요하니까? 우익의 거물에게서 쥐한테로 이동하는 도중에 찍혔나? (웃음) 아님 양을 찾는 사람들에게만 보이는 모습일 수도 있고.

지수 나는 주인공이 홋카이도로 떠나기 전에 우익 거물의 비서한테 자기 고양이 잘 부탁한다면서 엄청 세세하게 주의사항을 일러주는 부분이 좋더라고. 개인이 거물을 상대로 자신이 뜻하는 바를 관철하기가 쉽지 않은데, 고양이를 통해서 그렇게 한다는 게 귀엽고 재밌었어.

여진 나중에는 주인공이 자기한테는 잃을 게 없다는 식이잖아. 그래서 하루키가 평범한 사람을 주인공으로 쓰는 거 같아.

지수 사실 하루키 장편의 주인공들은 평범해 보여도 평범하지가 않지. 강한 의지가 있어야 하고, 외압에도 꺾이지 않아야 하고.

윤정 대부분 잃을 게 없다고 생각하는 주인공들이야. 잃을 게 없으니까 가볼까? 하는.

지수 그래서 이혼한 남자가 자주 등장하나?

구달 그 부분 좋더라. "인간을 대충 두 가지로 나누면 현실적으로 평범한 그룹과 비현실적으로 평범한 그룹으로 나눌 수 있"*다는. 이 문장을 읽으니까 내가 왜 중고등학교 때 좋아했는지 알겠더라고. 나도 나 자신이 현실적으로는 성실하고 평범한 사람처럼 보여도, 실은 속으로 남들과는 다른 생각을 하는 사람이라고 믿었거든. 근데 그걸 하루키가 글로 묘사해주니까, 막 주인공하고 나를 동일시하면서 같이 멋져지는 느낌에 빠졌던 것 같아.

지수 난 중고등학생 시절 읽었을 땐 주니타키 마을의 역사가 하나도 재밌지 않았는데 지금 보니까 그 부분이 최고로 재밌었어.

구달 미시사만 한 게 없지. 미시사가 최고야. (웃음)

* 『양을 쫓는 모험』(상), 신태영 옮김, 문학사상, 2009, 193~194쪽.

## 그 말랑말랑함이 예전엔 좋았지

윤정 사이토 미나코가 쓴 『문단 아이돌론』*을 보니
『노르웨이의 숲』이 1987년에 나왔는데 그게 그
다음 해에 가장 많이 팔린 책이었대. 무려 350
만 부. 근데 그해에 『댄스 댄스 댄스』가 나왔고
그것도 100만 부 넘게 팔렸거든. 두 책 합쳐서
500만 부쯤 팔린 거야. 『노르웨이의 숲』은 하
루키의 초기 작품답지 않게 굉장히 서정적이라
서 대중적인 포지션이 생겼지. 그 전의 『양을
쫓는 모험』까지는 문학적인 면이 있는 사람들
이 하루키를 좋아했거든. 그때 같이 나온 게 요
시모토 바나나의 『키친』이야. 그 말랑말랑한 감
수성.

지수 우린 그걸 1990년대, 2000년대에 다시 읽은
거잖아.

윤정 일본 사람들이 그때 거기에 확 꽂혔던 것처럼
나도 그런 시대가 있었던 거지. 근데 요시모토
바나나는 나한텐 되게 빨리 잊혔고 하루키는
오래 갔어.

* 나일등 옮김, 한겨레출판, 2017.

지수 난 『키친』이랑 『낙하하는 저녁』이 늘 세트로 기억 나. 그 말랑말랑함이 예전엔 좋았지.

여진 지금은 왜 잊혔을까?

윤정 그냥 모두에게 그런 시절이 있는 거겠지. 지금 그 나이대의 누군가들은 또 어떤 것들을 그들만 읽고 있을 거야. 하루키는 그걸 오래 해오고 있으니까 그 자체로 굉장히 특별한 작가고.

여진 여성 작가들이 남성 작가들에 비해 상대적으로 빨리 소진되는 느낌이 있어.

윤정 남성 작가들이 훨씬 안정적으로 작업을 하고, 비평에서도 많이 다뤄지고. 그래서 여성 작가에 비해서는 더 새로울 필요가 없는 면도 있는 것 같아.


**난 휘둘리지 않아, 난 상처받지 않아**


지수 너희는 하루키를 좋아한 시기가 언제였어?

여진 난 대학생 때였지.

지수 그땐 왜 좋아했는지 기억 나?

여진 윤정이가 말한 대로 주인공이 쿨해 보였고, 멋져 보였고, 뭐든 당황하지 않고 능숙하게 해내는 면이 좋았던 것 같아.

**지수** 난 중고등학생 때 PC통신에서 만난 사람들이 모두 하루키를 좋아했거든. 그래서 나도 하루키를 좋아함으로써 마치 특별한 비밀 클럽에 들어간 듯한 느낌이 들었어.

**윤정** 난 『노르웨이의 숲』이 처음이었는데 그때가 중3이었어. 그 후로 고등학생 때까지 하루키를 열심히 읽다가 대학교에 갔더니 이 작가를 좋아하고 아는 사람들이 점점 많아지더군. 거기서 나는 약간 다르다는 느낌을 주려고 "난 『노르웨이의 숲』보다 『스푸트니크의 연인』을 더 좋아해"라는 식으로 나갔어. (웃음)

**구달** 난 일문과 학생들이 하루키 팬이라는 걸 숨기는지 밝히는지가 궁금해.

**지수** 우리 세대는 다들 좋아했으니까 그냥 좋아한다고 말했어. 나도 일문과 왜 왔냐고 물어보면 하루키 좋아해서 왔다고 하고. 근데 다자이 오사무는 좀 다른 것 같아. 다들 다자이는 속으로만 좋아하지 겉으로는 떳떳하게 말을 못 하더라고. (웃음) 너무 자기도취에 빠진 것 같고, 풋내 나는 청춘 느낌이 있어서겠지. 하루키는 그런 면에서 자기 연민이나 자기도취 없이 담백하잖아.

**윤정** 난 지금 나이 먹어서 보니 다자이가 훨씬 좋아. 왜냐면 그게 훨씬 솔직한 글쓰기라는 생각이 들거든. 근데 하루키는 그런 걸 정면으로 승부하지 않는 작가고, 모든 것에 거리감을 둔 채 '난 휘둘리지 않아, 난 상처받지 않아' 하면서 그런 애티튜드로 살아가는 게 마치 가능한 것처럼 굴잖아. 그게 어렸을 때 더 먹히는 것 같아. 그러니 나이 먹을수록 다자이가 더 진짜에 가깝다는 생각을 하게 돼.

## 이제는 부정하고 싶다 해도

**윤정** 그나저나 우리한테도 제일 좋아하는 작가가 누구냐고 물었을 때 하루키라고 대답 못 하는 시절이 있었지.

**지수** 나는 지금 와서 하루키가 제일 좋다고 말하는 게 좀 망설여질 때가 있어.

**윤정** 왜 부끄러워진 걸까? 다들 너무 많이 좋아해서 그런가?

**여진** 시대가 변했지.

**지수** 난 최근의 소설에 실망했기 때문인 것 같아. 그래도 에세이 읽으면 다시 좋아지지만.

여진 나는 딱히 열광하는 작가나 작품이 있었던 적
　　이 없어서. 하루키도 딱히 실망한 적 없이 어느
　　순간 안 읽게 되어버렸어.

윤정 난 『1Q84』까지는 재밌었어.

지수 난 『색채가 없는 다자키 쓰쿠루와 그가 순례를
　　떠난 해』도 좋았는데.

구달 그건 정말 괜찮았어.

윤정 『기사단장 죽이기』는 대실망이었어. '내가 아는
　　하루키 월드의 문을 열었어!' 하는 즐거움이 아
　　니라 진짜 너무 지겹다는 생각과 여성에 대한
　　시선이 합쳐지면서…. 근데 이게 다른 작품보다
　　심한 거 같기도 해. 하루키도 나이를 먹어서 그
　　런 걸까? 근데 전에도 이런 적이 있어. 『애프터
　　다크』* 나왔을 때도 사람들이 못 읽겠다고 했잖
　　아. 그러다 『1Q84』 같은 대작이 나왔고. 또 이
　　런 패턴일 수도 있지. 처음에 『노르웨이의 숲』
　　이 나왔을 때도 『양을 쫓는 모험』까지 읽었던

---

* 권영주 옮김, 비채, 2015. 여기서 윤정은 이 책이 『어둠의 저
편』이라는 제목으로 2005년에 처음 나왔던 당시의 이야기를 하
고 있다.

독자들이 실망을 많이 했다잖아. 이런 '갬성 갬성'한 연애소설을! 하면서.

**지수** 난 『노르웨이의 숲』은 몇 번을 읽어도 좋던데.

**윤정** 나도 좋았어. 난 그걸로 하루키를 처음 읽었으니까 『양을 쫓는 모험』 같은 작품이 신기했지.

**지수** 난 『스푸트니크의 연인』을 서너 번 읽었거든. 처음 읽었을 땐 좀 별로라고 생각했는데 두 번째로 읽을 땐 전에 몰랐던 새로운 걸 발견하고 좋아졌고, 최근 다시 읽어보니⋯ 주인공 스미레가 말이 너무 많더라. (일동 폭소) 내가 나이를 먹으니까 그런 수다를 다 듣는 게 힘들더라고. 스미레가 이제 나한테 언니가 아니잖아. 옛날에는 뭔가를 많이 알고 자유분방한 언니 같은 느낌이었는데 지금은 말 많은 동생 같은 느낌이랄까.

**윤정** 그런 충격 나도 있었어. 이제 내가 『노르웨이의 숲』의 와타나베보다 나이가 많단 걸 깨달았을 때 너무 충격이더라.

**구달** 난 '봄날의 곰'이나 '한밤의 기적 소리' 같은 비유들이 전에는 좋았는데, 지금 다시 하루키를 읽어보니 좀 과하다는 느낌이 들어. 한 문장 걸러 한 문장 꼴로 비유가 나오니까. '흙 맛이

난다고?! 흙 먹어봤어?' 하는 생각도 들고. (웃음) 옛날엔 하루키 작품을 읽으면 취향 있고 지적이고 멋있는 사람이 하는 말 같아서 그럴싸해 보였는데, 지금은 그런 것에 현혹되지 않고 문장을 읽게 돼.

지수 우리도 경험할 만큼 경험했으니까.

윤정 왜냐하면 그땐 나도 그런 표현을 쓰는 사람이 되고 싶었거든. 어떤 걸 볼 때 그런 느낌을 가지고 보고 싶었는데 이제는 우리가 나이를 먹은 거지. 우리 나름의 세계가 너무 확고해지니까 그런 신선함이 거추장스러운 거야.

구달 그런데 내가 더는 읽고 싶지 않거나 이제는 부정하고 싶다 해도, 그것에 계속 묶여 있기는 한 것 같아. 그래서 어렸을 때 읽는 책이 너무 중요하다는 생각이 새삼 들어.

여진 마음에 안 드는 구석은 있지만 어쨌든 이 사람은 잘 쓰는구나 싶어. 그건 인정.

지수 출판사 편집자님이 그러시더라고. 하루키 팬인 아내분이 "하루키는 젊을 때 읽어야 한다. 나이 들어서 읽는 건 아무 소용이 없다"고 하셨다고. 그러면서 편집자님이 왜 청춘일 때 하루키를 읽어야 되느냐고 나한테 물어보셨는데 나는 그

때 제대로 대답을 못 했어.

**윤정** 『아무튼, 하루키』가 너의 대답이라고 해. (일동 폭소) 『데미안』도 그렇잖아. 나이 들어서 읽으면 어릴 때만큼 좋지가 않지.

**지수** 난 연애든 섹스든 죽음을 대하는 태도든, 하루키의 소설에 등장하는 상황이나 사물을 직접 경험하기 전인 미숙한 나이에 읽음으로써 그것들을 대하는 주인공의 자세나 시각을 자기 세계관의 일부로 받아들였던 게 하루키 팬들한테는 굉장히 의미 있는 과정이었다고 생각해. 그게 자신의 세계를 확립하는 툴이 된 거니까. 하지만 연애도 웬만큼 해보고 맛있는 음식도 어느 정도 먹어본 지금 다시 읽어보니 어릴 때 받았던 느낌만큼 신선하고 반짝이지는 않더라고.

**여진** 우리가 어릴 때 주위의 어른들은 소주 먹었는데 하루키 주인공들은 막 위스키 마시고.

**윤정** 바에서 하이네켄 먹고, 땅콩 껍질 던지고.

**여진** 그런 게 주변에 없는 어른이라는 느낌을 줬지.

**윤정** 옛날의 하루키는 오히려 더 여성적인 느낌이었어. 그래서 지금 다시 읽어보면 마음에 걸리는 여성에 대한 시각도 예전에는 크게 신경 쓰지 않았던 것 같아.

지수 옛날엔 우리한테도 딱히 의식이 없었지.

여진 세월이 무상하네.


## 훨씬 뒤에 가서야 겨우 그게 연결되는 거야

지수 『양을 쫓는 모험』은 다시 읽어보니까 웃긴 부분
이 많더라. 비싼 프랑스 요리 먹고 "식비가 응
축된 맛이 났다"*고 한다든가 "러시아인은 가
끔 아주 재치 있는 말을 한다. 겨울 동안에 생
각하는 걸지도 모른다"**라든가.

윤정 하루키 장편의 주인공들은 모두 적당한 허세와
적당한 허무주의가 섞여 있어서 그게 그들을
멋져 보이게 하는 것 같아. 지금은 이런 남자
보면 너무 싫을 것 같은데 옛날에는 멋있어 보
였어. 일단 자기 취향이 있다는 것만으로도 흔
치 않은 남자였으니까.

구달 맞아. 셔츠에 스웨터를 걸쳐서 입는 남자. (웃
음) 지금은 너무 싫은데 그땐 멋있었어.

* 『양을 쫓는 모험』(상), 신태영 옮김, 문학사상, 1995, 61쪽.
** 같은 책, 173쪽.

**지수** 심지어 하루키는 오픈카를 좋아한다더라고. 좀 안 어울리지.

**구달** 진짜 안 어울리네. 도, 도쿄에 살면서? (웃음) 내가 가진 판본에는 「내 작품을 말한다」라는 글이 뒤에 붙어 있는데, 난 이게 좋더라. 되게 진실한 글이었어. 자기가 전업 작가가 되어서 처음 쓰는 글인데 너무 좋았다 그러고….

**여진** 우리 책에는 '역자의 말'만 있는데!

**지수** 레어템이네. 이제 열림원판은 못 구하잖아. 그럼 우리 이제 좋았던 구절을 한번 말해볼까?

**구달** 나는 「내 작품을 말한다」가 제일 좋았어. (웃음) 이 글 보면 『양을 쫓는 모험』에서 『댄스 댄스 댄스』까지의 장편 네 권*을 다 같은 계절에 썼다고 하더라고. 늦가을에 써서 초봄에 끝냈대. 좋았던 대목은 "겨우내 가만히 방에 틀어박혀 소설을 쓴다는 것은 내 성격과 맞는 게 아닌가 하고 생각한다. 늘 '지금만 극복하면 봄이 오는 거야' 하고 생각하면서 소설을 쓰고 있었

---

* 나머지 두 권은 『세계의 끝과 하드보일드 원더랜드』와 『노르웨이의 숲』.

던 것 같은 느낌이 든다".* 그 정서도 느껴지는
것 같고.

**여진** 내가 뽑은 건 "이상한 말 같지만, 도저히 지금
이 지금이라고 생각되지 않아. 내가 나라는 것
도 어쩐지 딱 와닿지 않아. 그리고 여기가 여기
라는 것도 말이야. 언제나 그래. 훨씬 뒤에 가
서야 겨우 그게 연결되는 거야. 지난 10년 동안
줄곧 그랬어".**

**지수** 좋네.

**여진** 그리고 이 말 너무 슬프지 않았어? "세상에는
그런 타입의 돈이 존재한다. 가지고 있는 것만
으로도 화가 나고, 쓰고 나면 비참한 기분이 되
고, 다 써버렸을 때는 자기혐오에 빠지게 된다.
자기혐오에 빠지면 돈을 쓰고 싶어진다. 그러
나 그땐 돈이 없다. 구원이라는 것이 없는 것이
다."***

**구달** 뼈 때리는 명언이네.

---

*『양을 둘러싼 모험』, 박영 옮김, 열림원, 1997, 381쪽.

**『양을 쫓는 모험』(상), 신태영 옮김, 문학사상, 2009, 254
쪽.

*** 같은 책, 251쪽.

윤정 난 "나는 거리를 잃고, 십대를 잃고, 친구를 잃고, 아내를 잃고, 앞으로 세 달 후면 이십대를 잃게 된다". 야, 이제 겨우 이십대를 잃게 된다고? 싫었어. (웃음) 여하튼 이렇게 모든 걸 다 잃게 되었다는데 아무렇지도 않아 보이는 사람이잖아. 이게 너무 하루키스럽지. "예순이 되었을 때 나는 도대체 어떻게 되어 있을까라는 생각을 잠시 해보았다"*라는 문장이 뒤에 이어지는데, 하루키는 지금 예순이 넘었네?

지수 그런데 너무 정정하지.

윤정 격세지감이 느껴져. (웃음) 그나저나 아내까지 잃었는데 아직도 이십대래.

구달 아내를 잃었다고 볼 수 있을까? 아내가 스스로 떠난 건데.

지수 듣고 보니 그러네. 내가 뽑은 문장도 되게 하루키스러워. "난 나의 나약함이 좋아. 고통이나 쓰라림도 좋고 여름 햇살과 바람 냄새와 매미 소리, 그런 것들이 좋아. 무작정 좋은 거야. 자네와 마시는 맥주라든가…."**

* 같은 책, 266쪽.
** 『양을 쫓는 모험』(하), 신태영 옮김, 문학사상, 2009, 237쪽.

**구달** 진짜 하루키스럽네. 근데 '하루키스럽다'는 스
타일을 가지고 있다는 점 자체가 대단한 것 같
아.

**윤정** 어쨌거나 출간하면 계속 1위를 하니까.

**구달** 사람들이 계속 기대감을 가진다는 것도 놀랍고.

**지수** 결국은 이런 마음을 울리는 문장 때문에 하루
키를 계속 읽게 되는 게 아닐까.


## 난 작가에게 그런 걸 바라는 것 같아

**윤정** 어릴 적에 읽을 땐 여자 친구가 그렇게 말없이
떠나면 곧바로 받아들이는 주인공이 멋있었어.
찌질하지 않다고 생각했으니까. 근데 지금 다시
읽으니까 싫더라고. 아무렇지 않다는 게.

**지수** 너는 매달려보는 편이야? 아니면 매달리는 남
자가 좋은 거야?

**윤정** 둘 다 싫은데. (웃음) 근데 다들 헤어질 때는 그
렇게 하니까.

**지수** 찌질해지지.

**윤정** 그런데 진짜 아무렇지 않나? 하는 생각이 드는
거지.

**지수** 겉으로는 아무렇지 않음을 가장할 수 있겠지. 속으로는 한껏 찌질하더라도.

**윤정** 옛날엔 멋있어 보였고 지금은 솔직하지 않아 보여.

**지수** 상대에 대한 민폐라고 생각해서 표현을 안 할 수도 있지 않을까?

**윤정** 근데 이 책에서처럼 산장에서 여자 친구가 갑자기 사라지면 놀라서 바로 찾아봐야 하잖아. 근데 주인공은 '음, 떠났구나' 이러고.

**구달** 그런 게 '여자 친구'가 도구적으로 쓰였다는 느낌을 주지. 그리고 예전에는 주인공들이 삶에 허무를 느끼고 세상과 거리를 두는 인물이라고 생각했어. 그런데 이제 보니 항상 자신을 단련하고, 일상성을 유지하고, 군살을 체크하고, 운동하고, 그런 행동이 자기 자신을 부정하지 않는다는 뜻인 것 같아. 스스로에 대한 믿음이 있다고 할까.

**지수** 난 한편으로는 이런 사람이 옆에 있으면 그 항상성에 끌리는 것 같아. 내가 아무리 변해도 이 사람이 안 변하니까, 베이스캠프가 되는 느낌? 그나저나 구달이 꼽은 하루키의 최고작은 뭐야?

**구달** 난 『밤의 거미원숭이』. 그리고 단편 「빵가게 재
습격」*도 좋아.

**윤정** 난 계속 바뀌더라고. 어릴 땐 『스푸트니크의 연
인』이랑 『노르웨이의 숲』을 좋아했는데 서른일
곱 살이 된 지금은 『신의 아이들은 모두 춤춘
다』**랑 『언더그라운드』.*** 하루키가 주목받는
베스트셀러 작가가 되어서 사회적인 이슈를 직
접적으로 이야기한 책이 좋더라고. 『신의 아이
들은 모두 춤춘다』는 연작 소설집인데 다 고베
대지진 관련 소설이잖아. 『노르웨이의 숲』 같은
책도 재밌게 읽었고 좋아했지만, 그뿐이었으면
나에게는 하루키가 가지는 의미가 시간이 지나
면서 많이 희미해졌을 것 같아. 하지만 하루키
가 작가로서의 책무를 가지고 있다는 게 좋았

---

* 단편집 『빵가게 재습격』(권남희 옮김, 문학동네, 2014)에 수
록.

** 김유곤 옮김, 문학사상, 2010.

*** 양억관 옮김, 문학동네, 2010. 종교단체 옴진리교가 1995년
3월 20일 도쿄 중심부를 통과하는 지하철 마루노우치선, 히비야
선, 지요다선의 총 다섯 개 차량에 중추신경계를 손상시키는 사
린가스를 살포하여 12명이 사망하고 5천여 명이 중경상을 입은
'도쿄 지하철 사린 사건'을 다루었다.

어. 『언더그라운드』도 한창 잘나갈 때 쓴 논픽션이잖아. 작품도 좋지만 그런 일을 작가로서 기록해두어야겠다는 일종의 책임감이나 의무감을 가졌다는 점이 또 좋은 거지. 난 작가에게 그런 걸 바라는 것 같아. 지금은 이 두 작품이지만 또 바뀌겠지?

**여진** 난 딱히 가장 좋은 작품을 꼽기가 힘드네. 싫고 좋고가 없는 것 같아. 두루두루 읽기는 했는데, 소설보다는 에세이가 좋더라.

**지수** 나한테는 아무래도 『바람의 노래를 들어라』가 최고작인 것 같아. 그 책은 언제 어떤 때 어느 페이지를 펼쳐도 확 몰입이 돼. 얼마 전에 다시 읽었는데 마지막 장을 덮는 순간 또 처음부터 읽고 싶다는 생각이 들었어.

**구달** 『직업으로서의 소설가』도 좋았지.

**일동** 그 책 너무 좋아!

**여진** 잘하는 것도 중요한데, 성실하게 하는 것도 중요해.

**윤정** 나이 들면 성실성에 대한 점수가 올라가잖아. 그게 얼마나 힘든지 알게 되니까.

**여진** 약간 부족한 점이 있는 사람이 성실하면 마음이 가지. 하루키는 잘하는데 성실하기까지 한 거지만.

**구달** 이길 수가 없지.

**여진** 그래서 오래가나?

**윤정** 여하튼 앞에서도 말했지만 나왔다 하면 1위를 하는 유일한 작가니까. 히가시노 게이고가 아무리 잘나가긴 해도 그 정도는 아니잖아. 진짜 대단한 거지.

**지수** 어쨌거나 우리가 이렇게 하루키로 한 시간 넘게 열띠게 떠들었네. 이렇게 이야기할 게 많은 작가라는 점도 대단해.

　하루키에 대해 이야기하기로 작심하고 누군가를 만난 것은 이번이 처음이었다. 과연 이 대담(?)이 잘 풀릴지, 글로 옮겼을 때도 의미 있는 대화가 될지, 친구들에게도 할 얘기가 많을지, 녹음은 잘 될지 등등 걱정이 많았지만 녹음 파일을 듣는 과정에서 뜻밖의 재미를 맛보았다. 카페의 소음을 배경으로 친구들의 목소리가 이어폰을 타고 흘러나온 순간, 지난 몇 달간 내 안에만 갇혀 있던 이야기가 외부 세계로 이어져 확장되는 느낌이 들었던 것이다.

　그 음성 파일에는 다른 작가의 작품으로 모임을 가졌을 때와는 확연히 다른 열기가 담겨 있었다

(어쩌면 끝나고 내가 밥을 사기로 해서 그랬을 수도…). 가뜩이나 바쁜 친구들에게 상, 하권으로 된 두꺼운 책을 강제로 읽힌 미안함에 나는 두 손을 파리처럼 연신 비벼댔지만, 거의 공백 없이 꽉 채워진 한 시간 반짜리 음성 파일은 친구들의 어느 시절에도 하루키가 존재했음을 증명하는 무형의 증거처럼 느껴졌다. 음악 대신 친구들의 목소리를 들으며 집으로 가는 길, 일부러 버스를 타지 않고 30분 걸어가는 쪽을 택했다. 자꾸만 웃음이 터져 나올 것 같았기 때문이다.

# 에필로그

— 아무튼 뭐라도 써야 한다면

한동안 출판계 지인들 사이에서는 아무튼 시리즈로 자신이 무언가를 쓴다면 뭘 주제로 삼을지가 화두였다. 어떤 이는 립스틱이라 했고 어떤 이는 왕가위라 했다. 양말을 좋아하는 친구는 이미 『아무튼, 양말』이라는 근사한 책을 냈다. 그렇다면 나는 허그를 좋아하니까 허그로 쓰고 싶어, 라고 가볍게 인스타그램에 올려봤는데 제철소 편집자님이 내 피드를 보고 연락을 주셨다. '아무튼, 허그' 기획안과 샘플 원고를 받아보고 싶다는 것이었다. 역자 후기가 아닌 내 글을 인쇄해서 책으로 내보고 싶다는 생각은 한 번도 해본 적이 없어서(사실 역자 후기조차 매번 고통으로 몸부림치며 쓴다) 심장이 덜컥 내려앉았는데, 어째서인지 내 손가락은 "네, 다다음 달까지 보내드리겠습니다!"라는 명쾌한 답장을 입력하고 있었다. 의지와 상관없이 대답만은 시원시원하게 하는 버릇은 내가 다년간의 회사 생활로 얻은 고질병 중 하나였다.

그러나 약속한 다다음 달이 되었지만 나는 제대로 된 기획서를 완성할 수 없었다. 내게는 책 한 권을 채울 정도의 허그 경험이 없다는 사실을 뒤늦게 깨달았기 때문이다. 아, 나는 어째서 열 손가락은커녕 다섯 손가락도 다 채우지 못하는 연애밖에 안 했던가. 반려묘 이름만 카사노바면 뭐해. 머리를 쥐어뜯으며 뒤늦게 당시의 내가 가장 잘 쓸 수 있을 것 같았던 주제인 '육아'로 방향을 틀어봤는데, 기획서와 샘플 원고까지 대충 완성시켰지만 암만 생각해도 그것은 '나에게 기쁨이자 즐거움이 되는, 생각만 해도 좋은 한 가지를 담은 에세이'라는 아무튼 시리즈의 취지와는 영 안 어울리게 느껴졌다. 아닌 게 아니라 스웨터와 양말, 망원동과 최신가요라는 상큼한 라인업 속에서 육아란 얼마나 현실의 비린내를 풍기는 단어인가(실제로 그것은 땀과 똥과 오줌 냄새를 마구 풍긴다…).

그러던 어느 날 나는 친구인 편집자 K의 북튜브 영상에 출연해 하루키의 책이 원서 포함 약 80권 꽂혀 있는 내 책장의 '하루키 존'을 공개했는데, 그걸 본 편집자님이 (마치 내가 허그로는 책을 못 쓰리라는 것을 처음부터 예상하신 양) '하루키'로 주제를 바꿔보면 어떻겠느냐고 다정하게 제안하셨다. 이 구역의 하루키스트는 나라고 외칠 자신은 죽어도 없었는데 어째서인지 달랑 하루 만에 기획서와 에세이 두 꼭지가 뚝딱 써졌다. 그 기세 그대로 파일을 보내버렸고, 정신 차리고 보니 편집자님이 우리 동네 카페에 오셔서 출간 계약을 했으며, 그리하여 지금 나는 본편을 완성한 뒤 에필로그를 쓰고 있다.

원고를 쓸 때면 하루키의 책이 등장하는 내 인생의 장면들을 머릿속에서 뒤져봤다. 『국경의 남쪽, 태양의 서쪽』을 다시 읽던 시기에 당시 좋아했던 사람이 요즘 이걸 읽는다며 같은 책을 가방에서 꺼내들어 화들짝 놀랐던 기억. 『해변의 카프카』가 갓 나왔을 때 별로 친하지 않았던 동기가 그 책을 들고 문과대의 목련나무 앞을 가로지르던 모습을 보고 왠지 모를 동질감을 느꼈던 기억. 한국어판이 나올 때까지 기다릴 수 없어서 『1Q84』 원서를 구해 출퇴근길의 만원 전철에서 꾸역꾸역 읽었던 기억. 한 작가의 작품들이 닻이 되어 내 인생의 소소한 기억이 세월에 떠내려가지 않고 단단히 붙들려 있다는 게 거의 기적처럼 느껴졌다. 그건 그 작가가 아주 오랫동안 부침 없는 작품 활동을 해야만, 또 독자인 내가 그 활동을 충실히 따라가야만 가능한 일이니까.

올해도 가장 유력한 수상 후보라고들 했던 하루키가 노벨문학상을 타지 못했다. 〈하루키는 왜 노벨문학상을 타지 못했는가?〉라는 일본의 신문기사 아래로 "하루키스트들이 멋대로 소란을 피우는 것뿐이야" "(노벨상은 후보를 발표하지 않으니) 애초에 하루키가 후보에 올랐는지 말았는지 아무도 모르잖아?" 등의 댓글이 달린 것을 봤다.* 다른 팬들은 어떻게 생각할지 모르겠지만 적어도 내게는 그의 노벨상 수상 여부가 전혀 중요하지 않다. 아쉬운 점이 있다면 늘 몹시 아름다웠던 그의 수상 연설문을 못 보는 것 정도일까. 실은 내 청춘의 한 조각(?)이 그런 영예로운 자리에서 번쩍번쩍 빛나는 모습을 보는 건 괜스레 멋쩍을 듯도 하다(…라기에는 이미 다른 문학상을 너무 많이 받았지만!). 하루키는 나에게 작가가 독자에게 줄 수 있는 가장 근사한 경험을 안겨줬다. 인생의 절반 이상을 그 작가의 저작과 함께 보내게 해준 것. 그리하여 나의 내면과 삶이 실제로 어떤 변화를 일으킨 것. 그것만으로도 노벨문학상을 받든 말든 하루키는 나에게 언제까지나 가장 특별한 작가일 터다.

　　그나저나 내가 『아무튼, 하루키』를 써버려서 다

* 하루키 팬들은 지난 몇 년간 노벨문학상 발표 날에 하루키가 재즈카페를 운영했던 '성지' 센다가야의 한 신사에서 수상을 기원하는 카운트다운 이벤트를 열었고, 지난해는 (하루키가 그런 이벤트를 좋아하지 않는다는 이야기가 있어서 자숙한 듯) 일본의 대형 서점 체인인 기노쿠니야의 신주쿠 본점에 모여 발표 생중계를 함께 봤다고 하니 일반 독자의 눈에는 유난스럽게 비쳤을 수도 있겠다.

른 하루키스트들에게는 이 책을 쓸 기회가 자동으로 사라지고 말았다. 상당히 죄송하게 생각하고 있으며, 만약 그렇다 하더라도 지구와 환경을 생각해서 모쪼록 이 책을 불태우지만은 말아주시기를 부탁드린다. 대신 이 책이 작은 계기가 되어 당신 안에 잠들어 있던 하루키에 관한 기억이 깨어난다면, 언제든 무슨 매체를 통해서라도 그 이야기를 우리 모두에게 들려주시면 좋겠다. 하루키의 신간을 기다리는 것과 같은 마음으로, 나는 그 소중한 이야기들을 기다리고 있겠다.

나를 만든 세계, 내가 만든 세계
'아무튼'은 나에게 기쁨이자 즐거움이 되는,
생각만 해도 좋은 한 가지를 담은 에세이 시리즈입니다.
**위고**, **제철소**, **코난북스**, 세 출판사가 함께 펴냅니다.

아무튼, 하루키

초판 1쇄 2020년 1월 31일
초판 7쇄 2024년 6월 10일

지은이 이지수
펴낸이 김태형
디자인 일구공
제작 세걸음

펴낸곳 제철소
등록 제2014-000058호
전화 070-7717-1924
팩스 0303-3444-3469

right_season@naver.com
instagram.com/from.rightseason

ⓒ이지수, 2020

ISBN 979-11-88343-29-4 02810